휘둘리지 않고 당당하게

미문사

휘둘리지 않고 당당하게

2021년 6월 15일 초판 1쇄 발행

지은이 _ 김미영
펴낸이 _ 김종욱

디자인 _ 선종규
마케팅 _ 백인영, 송이솔
영업 _ 박준현, 김진태, 이예지

주소 _ 경기도 파주시 회동길 325-22 세화빌딩
신고번호 제 382-2010-000016호
대표전화 _ 032-326-5036
내용문의 _ 전자우편 minyunmam@daum.net
구입문의 _ 032-326-5036/010-6471-2550/070-8749-3550
팩스번호 _ 031-360-6376
전자우편 _ mimunsa@naver.com

ISBN 979-11-87812-25-8 03810

휘둘리지 않고
당당하게

남의 눈치를 보지 않고
내 삶의 주인공으로 살자

언제부터인가 삶을 살아가는 데 있어서 두려움이 사라졌다. 물론 그러한 두려움이 내 마음속에서 완전히 사라졌다고는 할 수 없다. 다만, 내가 앞으로 살아가야 할 세상을 보다 유연하게 바라볼 수 있는 마음의 탄력성이 생겼다고 할까! 그것은 아마도 내가 지금껏 살아오면서 체험했던 다양한 경험을 통해 '세상엔 딱히 답이 없다.'라는 결론에 도달하면서부터다. 난 대학 졸업 후 '사회'라는 낯선 곳으로 첫발을 내딛기 시작하면서 알 수 없는 세상과의 인연이 닿았다. 내가 바라보는 세상! 그 세상 속에는 너무도 이상한 일들이 많았다. 분명, 나에게 보이는 것은 'A'였는데, 알고 보니 'B'였던 것이다.

요즘 들어 느끼는 건데, 글을 쓰는 작가들이 참 솔직해졌다는 생각이 든다. 예전, 내가 느껴왔던 알 수 없는 세상에 대한 의문과 그 의문에 대한 답변을 거침없이 쏟아내 주기 때문이다. 그러니까 극히 교과서적인 고리타분한 내용이 아닌 사이다를 마신 듯 속이 뻥 뚫리는 현실적인 내용들이다. 사실 예전엔 그 모든 게 다 포장되어 있었다고 해도 과언이 아니다. 따라서 어디까지가 진실이고, 어디까지가 거짓인지 도무지 알 수조차 없었고, 그렇다고 진실을 알고자 굳이 노력하지도 않았다. 그렇게 그저 겉으로 보이는 것이 다인 줄로만 알고 살았던 때가 있었다. 오히려 솔직하면 바보 취급당하는 경우도 허다했으니까 말이다.

특히 요즘같이 각종 SNS가 난무하는 시대는 문제가 더 심각하다. 상대방이 누군지도 모른 채 단순히 댓글, 사진으로만 소통하는, 그저 보여주기식의 또 다른 세상이 존재하다 보니 사람들의 마음을 더욱더 외롭게 만들기도 한다. 어떤 기사에 SNS를 아예 그만두라고 경고하는 듯한 글이 올라오기도 했다. 어른들은 잘 모르겠지만 감수성이 예민한 청소년들은 누군가가 아무 생각 없이 클릭할 수도 있는 "좋아요"라는 것 때문에 상처를 받기도 하고, 심지어는 죽음을 선택한 경우도 있다고 한다. 솔직히 내 입장을 얘기하자면 온라인상에서 읽었던 정말 공감이 되는 글이나 감동적인 그 무엇도 댓글 없이 그냥 넘어간 경우가 대부분이었다. 그까짓 "좋아요"가 뭐라고!

언젠가 이런 글을 읽었던 기억도 난다. 성공한 사람에게 축하한다는 말을 전하긴 하지만 마음은 그게 아니라고. 오히려 상대방의 실패가 자신에게는 커다란 위로와 위안이 되어 준다고. 어떻게 보면 쉽게 꺼낼 수 없는, 인간의 추악한 속내를 정말 솔직하게 표현해 준 그 작가야말로 정말 대단하다는 생각이 들었다. 사실 나도 그런 생각을 많이 해봤다. 내가 축하받을 일이 생겼을 때, 과연 진심으로 축하해 줄 수 있는 사람은 누구인지. 반면 축하할 일이 생겼을 때, 내가 진심으로 축하해 줄 수 있는 사람은 또 누구인지. 누구나 다 축하한다는 말은 많이들 하지만 그게 진심인지 아니면 말만 그런지는 그 누구도 모를 일이다.

'열 길 물속은 알아도 한 길 사람 속은 모른다.'라는 속담이 있다. 사람들의 속마음을 알아채기란 그리 쉬운 일이 아니라는 뜻이다. 이 책의 내용에도 나와 있듯이 살아생전 나의 엄마가 자식들에게 했던 몇 가지 말들, 그중에서도 "나는 괜찮으니까……."라는 말은 내가 엄마가 되고 보니 전혀 마음에도 없는 말이었다. '엄마'라는 사람은 가족들에게 모든 것을 다 내주고 사실 남는 게 없다. 그래서 전혀 괜찮지 않지만 가정이 편안하면 또 그것으로 그만인 것이 엄마의 자리였던 것이다. 또한 부모와 자식 간의 관계에 있어서는 겉으로 보이는 '순종'의 모습 속에 '분노'의 감정이 감춰져 있다는 사실도 깨달았다. 그러니까 자식이 부모에게 무조건적으로 순종하는 모습, 그 이면에는 또 다른 진실이 숨어 있을 수도 있다. 그것은 사회적 관계에서도 마찬가지다.

대부분의 사람들, 특히 경험이 없는 젊은 사람들은 겉으로 보이는 것에 이끌리는 경우가 많다. 하지만 보이는 것, 그 이면에는 또 다른 세상이 존재하고 있다는 사실을 간과해서는 안 된다. 내가 보고 듣고 경험했던 삶의 얘기들을 이렇듯 반전의 시각으로 풀어낸 이유는 바로 눈앞에 보이는 현상에 끌려다니면서 불안해하거나 초조해할 필요가 전혀 없다는 사실을 얘기해주고 싶었다. 물론 변화하는 시대에 발맞춰 나가는 것도 중요하겠지만 그렇다고 남의 눈치를 보면서까지 피곤하게 살 필요는 없다는 것이다. 다만, 남에게 피해를 주지 않는 선에서 그냥 나답게, 그냥 넉살 좋게 살면 그게 바로 내 삶의 주인공으로 사는 게 아닐까 싶다.

차례

8

교수의 탈을 쓴 사기꾼

아우라가 펼쳐진 모습이란 바로 이런 모습을 두고 하는 말 같았다. 결혼 전, 어딘가에 소속되어 일하는 게 너무 지긋지긋한 나머지 프리랜서를 선언하고 이 일 저 일 닥치는 대로 일을 할 때였다. 그 당시난 일중독에 걸린 사람처럼 무언가를 하지 않으면 왠지 초조하고 불안했던 탓에 대필로까지 손을 뻗게 되었다. 대필 작가! 작가 대신 원고를 써 주고 원고료를 받는 이름 없는 작가. 그렇게 책을 내고자 하는 모 대학 교수와 그 책의 원고를 대신 써주고자 하는 나와의 만남이 시작되었다. 지금도 그 첫 만남을 생생하게 기억한다. 그분이 개인 사무실로 사용하고 있는 강남의 오피스텔에서 면접을 본 후 곧바로 일을 추진하기로 했다.

당시 그분의 첫인상은 그야말로 환하게 아우라가 펼쳐진 그런 기품 있고, 고급스러운 모습이었다. 하얀 백발도 아닌, 은은한 회색빛이 감도는 은발에 자신감 넘치는 풍채 그리고 소매를 살짝 걷어 올린 하얀 와이셔츠 차림에 말투 또한 세련되고 차분해서 금세 믿음이 갔다. 게다가 각 공중파 방송 출현에 각 기업 초청 강연까지 나름 꽤 알려진 교수임을 인터넷 정보를 통해 이미 알고 있었기 때문에 전혀 망설임 없이 곧바로 책 콘셉트를 잡고 취재, 원고 작업 순으로 일을 진행해 나갔다. 그 교수는 딱히 자신이 원하는 방향을 고집하지 않았고, 그냥 내가 하는 대로 묵묵히 따라와 줬다. 다만, 취재 대상은 그 교수가 이미 선정해 놓은 기업의 대표로 정해 놓은 상태였다.

일이 순조롭게 진행되는 과정 속에서 각 기업의 대표들과 취재 일정을 잡아나갔고, 그 일정에 따라 해당 기업을 방문, 회사를 어떻게 성장시킬 수 있었는지에 대한 노하우를 낱낱이 취재했다. 지금까지 취재한 대부분의 대표들은 그들만의 차별화된 전략이 있었다. 그것은 다름 아닌 제품 판매 이후 발생할 수 있는 A/S서비스다. 그들은 전국적으로 A/S 서비스망을 완벽하게 구축함으로써 소비자들에게 믿음과 신뢰를 얻을 수 있었고, 이는 곧 입소문으로 번져 대량 판매와 영구 판매로 이어진 경우였다. 물론 처음부터 승승장구한 것은 아니다. 제품 개발에 있어서나 직원 관리에 있어서 수많은 시행착오가 있었지만 중간에 포기하지 않고 실패의 원인을 분석, 끊임없이 연구해 나감으로써 지금의 기업으로 발돋움할 수 있었다고 한다.

"저희 회사는 좋은 제품을 만들어 내는 것에 그치지 않고, 이후 고장이 났을 때도 소비자들의 더 큰 만족을 위해 철저한 A/S서비스를 실시하고 있습니다."

그렇게 쉼 없이 달려온 취재 일정도 어느덧 막바지에 들어서고 있었다. 난 다음 취재 대상인 모 기업을 방문하기 위해 아침부터 부랴부랴 서둘렀고, 거리가 꽤 있었던 탓에 겨우겨우 제시간에 도착할 수 있었다. 그런데 그 대표는 약속 시간을 한참 지나 느지막이 와서는 미안하다는 말은커녕 오히려 시큰둥한 표정을 짓는 게 아닌가! 사실 취재 일정을 잡을 때도 담당 부서 측에서 자꾸만 미적거리는 느낌이 있던 터라 기분이 썩 좋지는 않은 상태였다. 그러다 보니 취재하러 가는 것 또한 발걸음이 무거울 수밖에 없었다. 이후 서로 어색한 분위기 속에서 그 대표가 나에게 한마디 내던졌다.

"그분 좀 이상한 것 같아요. 아니, 돈을 빌려 갔으면 갚아야지. 왜 이렇다 할 아무런 소식이 없냐고요. 기분 나쁘게⋯⋯."
"아니 그게 무슨 말씀이세요?"

"이런 얘기까지 기자님에게 말씀드리기 좀 뭐하지만……. 기업 발전 기금이니 뭐니 하면서 3000만 원을 빌려갔는데, 지금까지 아무런 소식이 없다고요."

"아! 그런 일이 있으셨군요. 저는 거기에 대해서는 전혀 아는 바가 없어서요. 저는 그분이 책을 낸다고 하시니까 거기에 따른 대필만 해주는 입장이거든요."

"기자님께 괜히 쓸데없는 말을 했나 보네요."

"……."

이상했다. 여하튼 취재는 무사히 마쳤지만 왠지 꺼림칙한 마음에 일이 제대로 손에 잡히지 않았다. 그래도 아직 갈 길이 멀기에 다시 힘을 내야만 했고, 약속 일정에 맞춰 그다음 취재 대상을 찾아 나섰다. 그런데 이게 웬일인가! 또 같은 문제가 발생했다. 그 대표 역시 돈 문제를 거론하며 교수를 비난했고, 이후 취재 대상이었던 몇몇 대표들도 같은 문제로 고민을 하고 있었다. 순간, 이게 무슨 일인가 싶어 교수에 대해 자세히 알아보고 싶어졌다. 그래서 일단 모 대학에 전화를 걸어 교수에 대해 물어봤고, 잠시 후 들려오는 소리는 충격, 그 자체였다. 자신의 대학교에는 그런 교수가 없다는 것이었다. 난 믿을 수가 없어서 다시 한번 물었고, 역시나 돌아오는 답변은 "그런 분 저희 학교에 없는데, 무슨 일이시죠?"라는 황당한 반응이었다.

한동안 묵직한 무언가로 뒤통수를 얻어맞은 듯 멍했다. 마치 꿈을 꾸고 있는 듯 현실 속의 나는 그 무엇도 이성적으로 판단할 수가 없었다. '도대체 어디에서부터 어떻게 풀어나가야 하지?', '바로 신고를 해버릴까?', '그동안 열심히 일한 건 다 물거품이 되는 건가!', '그냥 여기에서 그만둘까?' 머릿속이 온통 뒤죽박죽되면서 아무것도 생각이 나질 않았다. 그러다가 한참을 푹 자고 나니 뭔가 방법이 하나둘씩 떠오르기 시작했다. 우선 내게 주어진 일은 끝까지 최선을 다하고, 그 과정에서 각 기업 대표들에게 교수에 대한 얘기를 전하기로 했다. 그렇게 원고 작업은 원고 작업대로 거의 마무리가 되어 갔고, 그 사이 각 기업의 대표들은 그 교수에 대한 진실을 거의 다 알게 되지 않았을까 싶다. 모 대학의 교수는 모 대학의 교수가 아니라는 사실을.

그다음은 난 모른다. 이후 바쁘게 살아온 나는 한동안 그 교수를 잊고 있었고, 10년이 지난 어느 날, 갑자기 생각이 나서 인터넷을 찾아보니 언론에 대대적으로 기사화가 되어 있었다. '모 대학 교수를 사칭한 사기꾼'이라고. '꼬리가 길면 밟힌다.'라는 속담이 하나도 틀린 게 없었다. 사실 공중파 방송에서조차 이를 알아차리지 못하고 속았다는 사실은 그분이 얼마나 교묘하게 사기를 쳐왔는지를 여실히 말해 주고 있다. 겉으로 보기엔 그 누구도 감히 범접할 수 없는 아우라가 펼쳐진 대학 교수였지만 그 이면에는 대형 사기꾼으로서 기업의 자금을 끊임없이 갈취하고 있었던 것이다.

내 삶에 있어서 이렇듯 황당한 일은 손으로 꼽을 수 있을 정도로 극히 드물다. 난 이 사건을 통해 깨달은 바가 있다. 바로 '겉으로 보이는 모습이 다가 아니다.'라는 명언이다. 이후로 난 사람의 겉모습만 보고 판단하는 오류는 절대 범하지 않는다. 세상에 딱히 답은 없겠지만 겉으로 드러나는 모습이 그 사람의 내면과 절대로 일치하지 않는다는 사실이다. 중요한 건, 어떤 사람을 만나든지 간에 그 사람에 대해서 섣불리 판단해 버리거나 또 그 판단에 의해서 상대방을 대하는 계산적인 태도는 버려야 한다는 것이다. 어떻게 보면 아우라는 스스로의 선입견이 만들어 낸 착각일 수도 있다.

행방불명이라니!
죽고 못 살았는데

♪달 밝은 밤에 그대는 누구를 생각하세요 잠이 들면 그대는 무슨 꿈 꾸시나요 깊은 밤에 홀로 깨어 눈물 흘린 적 없나요 때로는 일기장에 내 얘기도 쓰시나요~♬

가수 이선희 씨의 '알고 싶어요'라는 노래를 따라 부르며 한창 가슴 설레던 여고 시절이 있었다. 그 시절, 난 매일같이 학교를 오가며 한 친구를 알게 되었는데, 그 친구는 나와 친한 친구의 친구였다. 처음엔 그냥 눈인사 정도로만 아는 체를 하다가 어느새 서로에게 호감을 느끼며 그 누구도 모르는 비밀 친구로 발전을 해나갔다. 난 그렇게 공부로 지칠 수 있는 학창 시절을 그 친구와의 아름다운 추억으로 장식할 수 있었다. 특히 그 친구는 나와 육촌 관계였던 가까운 친척이었다. 그 사실은 고등학교 때 그 친구가 나를 자신의 집으로 초대했던 게 계기가 되어 드러나게 되었다.

어느 날, 학교 쉬는 시간에 그 친구가 내 옆에 오더니 몰래 쪽지를 건네주고 어디론가 사라졌다. 난 행여나 누가 볼세라 아무도 없는 곳으로 피해서 그 쪽지를 펼쳐보았다. 내용인 즉, 주말에 자신의 집으로 놀러 올 수 있냐는 것이었다. 그리고 만약 가능하다면 하룻밤 자고 가라는 것이다. 난 그 친구 집도 구경할 겸 집으로부터의 탈출을 만끽하고픈 마음에 그날 밤 엄마를 조르고 졸라 겨우겨우 허락을 얻어냈다.

그렇게 주말까지 시간은 더디게 흘렀고……. 드디어 기다리고 기다리던 주말이 돌아왔다. 난 꼭두새벽부터 일어나 한껏 기대에 찬 부푼 마음으로 흥얼흥얼 콧노래를 부르며 갈 채비를 서둘렀고, 이후 약속 시간에 맞춰 그 친구 집을 방문했다. 그리고는 그날 우리에게 허락된 반나절가량을 이런저런 얘기 보따리를 풀어가며 즐겁게 보냈다. 얄미운 친구 얘기, 과학 선생님의 구멍 난 양말 얘기, 수학 점수 50점 맞은 얘기, 학교 뒤편 바바리맨 얘기, 앞으로의 진로 등등. 돌이켜 보건대, 그날 밤은 왜 이리도 빨리 지나가는지 그 밤의 끝을 잡고 영원히 놓아 주고 싶지 않았다. 가려진 커튼 틈 사이로 살며시 비치는 달빛이 유난히 포근하게 느껴지던 그런 밤이었다.

　다음 날 아침, 그 친구 집에서의 아침 식사는 그야말로 꿀맛이었다. 늘 엄마가 해준 밥만 먹다가 다른 아줌마가 해준 색다른 밥은 마치 고급 한정식 집에서 외식하는 기분이라고 할까? 손님이 와서 그런지 상다리가 부러질 정도로 진수성찬이었다. 그렇게 화기애애한 분위기 속에서 아침 식사를 하고 있는데, 그 친구 아빠가 나에게 대뜸 물었다. 집은 어디고, 아빠 이름은 어떻게 되는지. 사실 아침 식사 전, 그 친구의 가족 앨범을 보다가 너무 황당한 일을 겪었다. 친척들과 찍은 가족사진 속에 아기였던 나를 품에 꼭 안고 있는 내 엄마의 모습이 보인 것이다. 순간 소스라치게 놀랐지만 이내 마음을 진정시키고, 아침 식사를 할 때, 그 친구 아빠한테 넌지시 나의 큰아버지 댁이 이곳에서 아주 가깝다고 얘기를 전했다. 그랬더니 곧바로 나의 큰아버지 이름과 아빠 이름을 물어본 것이다.

　그리고 잠시 후, 그 가족 앨범 속 미스터리의 진실이 드러났다. 그 친구와 난 육촌 관계였던 것이다. 그러니까 내 아빠와 그 친구 아빠는 서로 사촌 관계, 가까워도 너무 가까운 친척이었다. 정말이지 살다 보니 이 같은 기상천외한 일이 나에게도 벌어질 수 있었다. 어떻게 이런 일이 생길 수 있는지 자꾸만 헛웃음이 나왔다. 여하튼 다소 잠이 덜 깬 아침 식사 시간에 남은 잠들이 줄행랑을 치며 도망갈 정도로 놀랄 만한 화젯거리였다. 그 이후로 그 친구와 난 비밀 친구에서 가까운 친척 관계로 바뀌었고, 동시에 두근거리는 설렘도 다소 무뎌져 가고 있었다.

그렇게 고등학교 3년을 보낸 뒤 친구들은 대학교를 진학하고, 재수를 하고, 곧바로 사회 전선에 뛰어들면서 자신만의 삶을 개척해 나가고 있었다. 그리고 수년이 흐른 뒤 그 친구의 결혼 소식이 전해졌다. 같은 대학교, 같은 과 선배와 결혼을 한다는 것이었다. 대학생이라면 누구나 한 번쯤 꿈꿔 볼 만한 캠퍼스 커플! 그것도 첫사랑! 모두들 그 친구의 행복을 진심으로 축복해 주었다. 결혼식장에서의 그 친구는 너무도 아름다웠고, 둘은 세상을 다 얻은 듯 너무 행복해 보였다. 이후 다른 친구들도 대부분 가정을 이루었고, 그 친구 또한 두 아이의 엄마로서 평범하게 잘 살아가고 있었다.

그러던 어느 날, 고등학교 친구로부터 다급하게 전화가 걸려왔다.

"○○아, 너 혹시 ○○이 소식 들었어?"
"아니, 왜? ○○이한테 무슨 일 있어?"

"글쎄 ○○이가 행방불명이래."

"뭐라고! 도대체 무슨 소리야?"

"지금 친구들 사이에서도 소문 다 퍼졌어. ○○이와 연락이 끊긴 지 1주일이 됐는데도 아무런 소식이 없대."

"난 못 믿겠어. 잘살고 있던 ○○이가 무슨 일 때문에⋯⋯."

"신분증과 지갑은 집에 그대로 두고 나갔다는데, 도대체 어딜 간 건지 모르겠어."

"그럼, 아이들은 어떻게 하고⋯⋯."

"그건 나도 모르지."

"○○이가 아이들을 얼마나 사랑했는데 버리고 가. 도대체 이게 무슨 일이래."

"⋯⋯."

정말이지 행복하게 잘살고 있을 줄 알았다. 대학 졸업과 동시에 바로 첫사랑과 결혼을 했고, 또 서로 너무 사랑했기에 별 탈 없이 아기자기하게 잘살고 있을 줄 알았다. 그런데 몇몇 친구들 말을 들어 보니 그 친구가 결혼 이후 육아로 많이 힘들어한 데다가 그토록 사랑했던 남편이 다른 여자와 바람이 났다는 것이다. 아무리 그래도 그렇지 어린 자식들이 있고, 경제적으로 여유가 있는 친정이 떡 버티고 있는데, 왜 그 친구는 도움의 손길을 요청하지 않았을까 싶다. 도대체 그 친구는 어디에 있는 것일까? 그 이후로 지금까지, 그러니까 약 28년 동안 행방불명이다.

  그동안 가족들은 그 친구를 애타게 찾으러 다녔고……. 그 사이에 지칠 대로 지친 부모님은 세상을 떠났다. 그리고 그 친구와 이란성 쌍둥이인 오빠는 동생을 찾지 못했다는 죄책감에 평생토록 한 맺힌 삶을 살아가고 있다. 게다가 이미 성인이 된 그 친구의 자식들은 엄마라는 커다란 그리움을 평생 가슴에 묻은 채 살아갈 수밖에 없다. 지금도 난 그 친구가 너무 보고 싶다. 언제나 해맑았던 그런 친구였는데 왜 이 지경까지 이르렀는지 아직도, 아니 영원히 이해할 수 없을 것 같다.

  그 친구의 남편은 당시 보험설계사로 일을 하고 있었고, 그 과정에서 한 여자와 사랑에 빠져 처자식이 전혀 보이지 않았을 게다. 그런 상황 속에서 가뜩이나 한 남자밖에 몰랐던 순수했던 그 친구의 심정은 과연 어땠을지 가히 상상조차 할 수 없다. 그 친구의 남편, 지금은 어떻게 살고 있는지 몹시 궁금하다. 엄마의 행방불명이라는 그늘 속에서 자라난 자식들을 향한 죄책감, 홀로 자식들을 키우면서 뼈저리게 느꼈을 삶의 무게 그리고 끝이 보이지 않는 영원한 불행!

과연 결혼 생활에 있어서 행복이란 무엇일까? 사실 한 가정을 이루고, 그 가정을 끝까지 지키는 게 결코 쉬운 일만은 아니다. 그 과정 속에서 수많은 우여곡절이 있게 마련이고, 이로 인해 중간에 모든 걸 포기하고 싶은 경우도 생긴다. 순수한 첫사랑! 어찌 보면 가슴 설레는 아름다운 사랑일 수도 있지만 그런 사랑이 결혼이라는 현실을 만났을 때는 오히려 더 치명적일 수도 있다. 왜냐하면 결혼과 더불어 시댁 문제, 친정 문제, 육아 문제, 경제 문제, 각종 유혹 등 다양한 문제들이 아름답고 순수했던 사랑을 한순간에 변질시킬 수 있기 때문이다. 새하얀 눈 위에 여기저기 흙탕물이 튀듯.

　　결혼이란 한마디로 모험이다. 어떻게 보면 가면을 쓴 사람들끼리 만나 서서히 그 가면이 벗겨지는 과정이 결혼 생활이다. 따라서 상대방의 좋은 모습, 즉 가면 쓴 모습만 원한다면 과연 그 결혼 생활이 행복할 수 있을까? 아마도 곧 숨이 막혀 결혼 생활을 유지할 수 없을 것이다. 누구나 한 번쯤은 꿈꿔 봤을 아름답고 순수한 사랑! 그런데 현실 속에서는 존재할 수 없는, 그야말로 이상적인 사랑이 아닐까 싶다. 결혼 생활은 하루하루 미운 정, 고운 정이 쌓이면서 그냥 서로에게 편안함으로 다가오는 일상일 뿐이다.

저기 횡단보도 앞. 단체로 어디라도 가는 것일까? 키가 고만고만한 일곱 명의 여학생들이 각자 재미있는 포즈를 취해 가며 신나게 수다를 떨고 있다. 그리고 바로 뒤편 카페 안에도 적게는 2명, 많게는 6명의 남녀가 테이블 주변으로 빙 둘러앉아 이런저런 얘기를 나누고 있다. 이내 파란불이 켜지고……. 부랴부랴 길을 건너 골목 안 모퉁이를 지나는데 저만치서 안이 훤히 들여다보이는 한정식집이 보인다. 그런데 학부모 모임이라도 있는 것일까? 제법 잘 차려입은 엄마들이 앞다투어 음식점 안으로 들어가고 있다.

　만남의 모습을 보면 참 다양하다. 어떤 이는 상대방이 하는 말을 그냥 조용히 듣고 있는가 하면 또 어떤 이는 손짓, 발짓 등 온갖 제스처를 취하면서 열변을 토하기도 하고, 또 어떤 이는 마치 주변을 탐색이라도 하듯 두리번거리면서 중간중간 대화에 끼는가 하면 또 어떤 이는 마치 눈으로 대화하듯 그냥 조용히 서로의 얼굴만 바라보기도 한다. 단체 모임에 가보면 사람들이 워낙 많아서인지 얘기하는 사람 따로, 듣는 사람 따로다. 그러니까 앞에서 주도적으로 모임을 이끌어가는 사람이 있는가 하면, 그저 나 몰라라 하고 두세 명씩 짝을 지어 그들만의 리그를 고집하는 사람들도 있다. 물론 연신 고개를 끄덕이며 함께 공감해 주는 사람들도 적지 않다.

우리는 사회생활을 통해 수많은 사람들을 만나곤 한다. 직장 내 사람들, 거래처 사람들, 같은 반 학부모, 동아리 소속 멤버들, 가족들, 지인들, 친구 등등 때론 공적으로, 때론 사적으로 다양한 만남을 통해 서로를 조금씩 알아가게 된다. 물론 만남의 횟수가 너무 적으면 당연히 상대방을 파악할 수 없겠지만 주기적으로든 잦은 만남을 통해서든 상대방을 알아가게 되고 또한 상대방을 대하는 주변 사람들의 모습을 통해 그 상대방이 어떤 사람인지 대략 알게 되는 경우도 있다.

그런데 문제는 단체에서 느꼈던 상대방의 모습과 단체 속의 개인에서 느꼈던 상대방의 모습이 180도 확연히 달라진다는 사실이다. 아마도 '열 길 물속은 알아도 한 길 사람 속은 모른다.'라는 우리 옛 속담이 바로 이런 경우에서 나온 말이 아닐까 싶다.

언제나 엄마들 모임에는 그 지인이 중심에 서 있었다. 겉으로 드러나는 모습에서 워낙 품위도 있는 데다가 정보력, 지식, 말주변, 자녀교육까지 흠잡을 데가 없어서인지 대부분의 엄마들은 매번 그 지인의 아우라에 압도당하곤 했다. 그래서였을까? 누구 한 사람 그 지인을 무시하지 않았고, 그 지인이 하는 말에는 귀를 쫑긋 세우고, 전부 귀담아듣곤 했다. 게다가 모든 엄마들의 시선이 다 그 지인에게로만 향하고 있었기에 누구 한 사람이라도 딴 곳을 바라볼 경우, 왠지 그 모임에서 소외당할 것만 같은 묘한 분위기마저 감돌았다.

"아이고! 요즘 우리 아이는 사춘기 때문인지 말도 안 듣고, 공부하고는 아예 담을 쌓았나 봐요."

"말도 마세요. 우리 아이는 앉아서 게임만 하다 보니 살이 얼마나 쪘는지……. 예전에 입었던 옷들이 글쎄 하나도 안 맞지 뭐예요."

"우리 아이는 요즘 시대에 대학을 굳이 가야 하냐며 아빠한테 막 따지더라고요. 그래서 내가 대학 가지 말라고 했죠. 그나저나 ○○이 엄마는 좋겠어요. 아이가 워낙 모범생이라서."

"음.. 우리 ○○이는 지금껏 나나 아빠한테 거의 대든 적이 없었던 것 같아요. 그리고 굳이 공부하라고 하지 않아도 스스로 열심히 하니까 딱히 잔소리를 할 이유도 없는 것 같고요."

"이야! 그러니까 ○○이는 자기 주도 학습이 되는 거잖아요."

"아이 교육을 도대체 어떻게 시키기에 그런 건가요?"

"글쎄요. 딱히 뭘 하는 것도 없는데."

"에이! 그래도 엄마만의 노하우가 있으니까 아이가 저렇게 잘 자랐을 것 아니에요."

"우리 아이도 그냥 보통 아이들과 똑같아요."

"보통 아이가 그 정도면 못 하는 아이는 도대체 어쩌라고요."

"......."

매번 다 함께 대화를 나누다가도 어느 순간 엄마들의 시선은 그 지인한테로만 향했다. 워낙 아는 것이 많다 보니 그 어떠한 질문이 나와도 근거를 토대로 정확하게 얘기를 해줬고, 여행, 교육, 살림, 재테크, 부동산 등 모든 분야를 다 아우르고 있을 정도로 완벽함, 그 자체였다. 게다가 그 지인의 아이는 엄마들 사이에서 모범생으로 이미 입소문이 나 있었다. 그러다 보니 모든 게 그 지인을 중심으로 움직였다. 예를 들어 어떠한 의견이 나왔을 때, 다른 사람들의 의견은 그다지 중요하지 않았다. 무조건 그 지인의 의견에 따르는 식이었다.

왠지 기분이 썩 좋지 않았다. 모두가 공감하는 분위기보다는 다수의 사람들이 그 지인 한 사람에게 끌려다니는 느낌이라고 할까! 난 어느 순간부터 그 모임이 부담스럽게 느껴져서 서서히 모임 횟수를 줄여 나가기 시작했다. 그런데 아니나 다를까 가끔 얼굴을 비출 때면 나도 모르게 소외감이 느껴지곤 했다. 그렇다고 마음에 썩 내키지도 않는데 굳이 즐거운 척하면서 그 자리를 지키고 싶지는 않았다. 그렇게 모임이 뜸해질 무렵, 그 모임의 멤버들과 개인적으로 만날 일이 자꾸만 생겨났다.

한번은 모임 멤버들 가운데 한 엄마가 자신의 집으로 나를 초대했다. 아이들이 학교 간 사이에 간단히 브런치나 하자는 것이었다. 사실 나도 개인적인 만남은 그다지 부담스럽지 않았던 터라 흔쾌히 승낙했고, 이후 약속 시간에 맞춰 그 엄마의 집으로 향했다. 부드러운 우유가 가미된 따뜻한 커피 한잔과 먹음직스러운 에그 샌드위치 그리고 신선한 과일 야채 샐러드…… 그렇게 정성 들여 준비한 음식과 함께 우리들의 수다는 점점 더 무르익어 갔고, 얼마 지나지 않아 그 엄마가 조심스레 그 지인의 얘기를 꺼내기 시작했다. 만나면 만날수록 숨이 막힌다고.

그리고 며칠 후, 마트에 갔다가 모임 멤버들 가운데 또 다른 엄마를 만났다. 그 엄마는 나에게 왜 모임에 자주 안 나오냐며 잠깐 얘기 좀 나누자고 했다. 그래서 근처 카페에 들어가 이런저런 얘기들을 나누는데, 그 엄마 역시 그 지인에 대해서 한마디 쏘아붙였다. 이상하게도 그 지인만 만나고 나면 기분이 안 좋아진다나 어쨌다나. 여하튼 이후에도 몇몇 모임 멤버들을 개별적으로 만날 기회가 있었는데, 그때마다 그 지인에 대한 불편함을 호소하는 엄마들이 꽤 있었다.

대부분의 사람들은 느끼는 게 거의 비슷했다. 내가 그 모임을 통해 느꼈던 부분을 다른 엄마들도 똑같이 느끼고 있었다. 다만, 난 그 모임의 무의미함을 견디지 못해 일찌감치 선을 그었던 것이고, 다른 엄마들은 그냥 지켜보거나 그 지인의 완벽함만을 좇고 있었던 것이다. 사실 만남이 지속되기 위해서는 서로 간의 공감도 필요하고, 또 위로와 위안을 얻는 등 무언가가 채워질 때 비로소 좋은 만남이 이루어진다. 그런데 그 모임은 완벽한 주인공과 다수의 엑스트라와의 만남이었던 것이다. 그러다 보니 대부분의 엄마들이 모임을 가질 때마다 스스로에 대한 존재감 상실로 인해 소외감을 느낄 수밖에.

그 지인은 지금껏 상대방에게 자신의 결점을 전혀 드러내지 않고, 오직 완벽함만을 추구하면서 살아왔던 것 같다. 하지만 사람들은 그런 완벽함에 끌리다가 어느 순간 서서히 숨이 막혀 왔던 것이다. 사실 빈틈이라는 것도 때론 상대방에게 숨 쉴 수 있는 편안함을 주기도 하는데, 우리 사회가 그걸 허락하지 않는다는 게 문제다. 여하튼 그 지인은 비록 앞모습은 남들이 다 부러워할 정도의 아우라가 펼쳐져 있었지만 그 뒷모습은 늘 주변 엄마들의 도마 위에 올랐던 초라한 모습이 존재해 있었다. 아직도 단체에서 느껴졌던 그 지인의 모습과 단체 속의 개인에서 느껴졌던 그 지인의 모습. 그리고 그 지인을 둘러싸고 있었던 단체의 모습은 나에게 커다란 교훈을 던져주곤 한다. 제발! 나 답게 살라고…….

고졸 직원의 부서를 넘나드는 농단

　누군가 이런 말을 했던 게 기억난다. "너무 많은 것을 알아도 병이야."라는 말. 사실 아는 만큼 보인다고, 알면 알수록 많이 보이니까 세상을 살아가는 데 있어서도 조금은 편하지 않을까 싶은데……. 문제는 많이 알다 보니 많은 게 보이고, 많은 게 보이다 보니 상관을 하게 되고, 상관을 하다 보니 자신은 물론 상대방도 피곤해진다는 것이다. 물론 많이 알고 있어도 내색하지 않고, 그냥 관조하는 입장에서 바라볼 수 있다면 무슨 문제가 되겠는가! 하지만 그게 결코 쉬운 일만은 아닐 것이다. 나 또한 알고 있으면 알려 주고 싶은 게 솔직한 마음이니까.

결혼 전, 프리랜서를 선언하고 한창 바쁘게 일할 때였다. 나 같은 경우엔 일이 몰릴 때는 한꺼번에 몰리고, 또 일이 없을 땐 한동안 쉬어야만 했다. 일이 많을 때는 숨이 "컥" 하고 막힐 정도로 일이 산더미처럼 쌓였지만 반면 일이 없을 때는 너무 한가한 나머지 불안하고 초조했다. 그게 바로 어설픈 프리랜서의 고충이 아닐까 싶다. 여하튼 꽤 오랜 시간 동안 일이 없을 때가 있었다. 그때 지푸라기라도 잡는 심정으로 잠깐 외도를 한 적이 있었는데, 그동안 해오던 글쓰기 작업이 아닌 수입 애니메이션 관련 기획 일이었다. 게다가 정식 직원이 아닌 계약직이라서 부담도 덜했다.

그 회사는 어린이들을 대상으로 한 애니메이션을 수입하는 업체로서 캐릭터를 활용한 다양한 마케팅 사업도 추진하고 있었다. 뿐만 아니라 그 밖의 다른 사업들도 계획 중에 있는 게 많아서 앞으로의 전망이 꽤 밝은 그런 회사였다. 그 당시 수입한 애니메이션은 국내에서 반응이 아주 좋았던 터라 동시에 그 회사도 빠르게 성장하는 추세였다. 솔직히 그동안 내가 해오던 일과는 전혀 다른 분야여서 겁도 났지만 새로운 경험을 할 수 있다는 생각에 기대에 한껏 부풀기도 했다.

첫 출근 날, 회사는 대체적으로 아기자기한 분위기였다. 사무실도 소규모인 데다가 직원들도 많지 않아서인지 모든 게 한눈에 들어왔다. 난 기획 파트에 자리를 잡고, 일이 어떻게 돌아가는지 대충 파악을 하고 있었다. 그 당시 그 회사의 애니메이션 수입국은 일본이었고, 그에 따른 계약 관련 서류들이 수북이 쌓여 있는 걸 확인할 수 있었다. 부서는 기획부, 마케팅부, 영업부, 경리부 등 네 개로 나누어져 있었는데 이상하게도 부서 대비 직원의 수는 적은 편이었다. 따라서 다소 의아했지만 그래도 회사가 꾸준히 성장하고 있었기에 그다지 문제가 되리라는 생각은 하지 않았다.

난 기획부에 있었지만 주 수입국이 일본이다 보니 일본어도 배워야 할 것 같았다. 그래서 아침 출근 전, 회사 근처에 있는 일본어학원을 다니기 시작했고, 어느 순간 가장 기본적인 회화 정도는 할 수 있게 되었다. 그런데 시간이 흐를수록 회사 내에서의 이상한 기류가 느껴졌다. 그러니까 한 사람을 제외한 모든 직원들이 꼭두각시라는 느낌이 든 것이다. 그 한 사람은 그 회사의 사장과 거의 동급처럼 느껴질 정도로 힘이 막강했다. 그 사람의 말이라면 사장도 무조건 수용하는 식이었으니까 말이다.

다만, 그 사람은 나이가 어린 고졸 출신의 여성이었다. 그녀는 무엇보다도 뛰어난 일본어 실력을 갖추고 있었고, 일본과의 거래에 있어서도 남다른 전략과 임기응변으로 인해 매번 어려운 상황을 무난히 잘 넘기곤 했다. 그러다 보니 사장도 그런 그녀를 무조건 믿고, 모든 것을 지원해 주었다. 그래서였을까? 나에게 비친 그녀의 모습은 나이가 어린 데도 불구하고 이미 권력의 빛에 물들어 순수함이라곤 전혀 찾아볼 수가 없었다. 사방을 감시하는 듯한 날카로운 눈빛과 너무도 당당해 보이는 자태는 나이 많은 직원들도 주눅 들기에 충분했다.

나 역시 그녀보다 나이가 많았고, 그런 그녀를 대하는 게 쉽지만은 않았다. 게다가 이것저것 상관하는 게 도를 넘어서 매일같이 스트레스로 작용을 했다. 그녀의 상관 범위는 기획부는 물론 영업부, 마케팅부, 심지어는 경리부까지 모든 부서를 다 아우르고 있었다. 놀라운 일이 아닐 수 없었다. 각 부서의 돌아가는 상황을 모조리 다 파악하고 있다는 증거였으니까 말이다. 그 순간 난 소름이 끼쳤다. 그동안 궁금하게 느껴졌던 부분, 즉 사장과 거의 동급인 그녀, 부서 대비 적은 직원 수 그리고 권력을 거머쥔 어린 그녀 등 퍼즐이 하나둘씩 맞춰졌기 때문이다.

그녀는 그 회사가 설립될 당시 사장이 데리고 온 직원이라고 한다. 사장은 수입 애니메이션 쪽으로 일할 계획을 세웠고, 특히 일본 애니메이션에 관심이 많았던 터라 일본어에 능통한 직원이 절실히 필요했다. 그리고 곧 지인을 통해 그녀를 소개받게 된 것이다. 당시 그녀는 일본어와 일본 애니메이션에 아주 관심이 많았던 고등학교를 갓 졸업한 사회 초년생이었다고 한다. 그렇게 사장과 그녀의 인연을 시작으로 그 회사는 꾸준히 성장을 하게 된 것이다. 그 과정에서 그녀는 회사의 발전을 위해서 부단히 노력했고, 이후 회사 규모가 점점 커지면서 그 누구도 감히 넘볼 수 없는 권력을 거머쥐게 된 것이 아닐까 싶다.

그도 그럴 것이 그녀가 각 부서를 넘나들며 일일이 상관할 때도 누구 한 사람 싫은 내색조차 하지 않았고, 그저 시키는 일만 묵묵히 할 뿐이었다. 나도 처음엔 그냥 그러려니 했지만 시간이 지날수록 화가 나기 시작했다. 한 번은 경리부에서 하는 일까지 하나하나 상관하면서 그녀와 나이가 얼추 비슷한 경리 직원을 향해 뭐라고 막 윽박지르고 있었다. 그 경리 직원은 겁먹은 듯 고개를 푹 숙이고 있었고, 그녀는 거래 관련 서류철을 책상 위에 집어 던지면서 뭔가를 지적하고 있는 상황이었다. 그런데 늘 그랬던 것처럼 직원들은 아무렇지도 않은 듯 자신의 일에만 열중하고 있었다.

내 마음속에서 그 회사에 대한 거부감이 일기 시작한 때는 그 회사에서 일한 지 약 3개월가량 됐을 때다. 꼭두각시 같은 직원들, 나 몰라라 하는 사장 그리고 각 부서를 넘나들며 갖은 농단을 펼치는 그녀……. 다양한 경험을 하고 싶어서 잠시 외도를 한 곳! 그곳에서는 차마 눈 뜨고 볼 수 없었던 기가 막힌 광경들이 펼쳐지고 있었던 것이다. 사실 그 당시엔 그냥 기분 나빠서 일을 그만두긴 했는데, 지금 생각해 보면 그 회사는 언제 폭발할지 모르는 화산의 위험이 존재하고 있었다는 생각이 든다.

성공한 사람들 중에는 초고속으로 성공한 사람이 있는가 하면 부모로부터 물려받아 성공한 사람, 밑바닥부터 차근차근 밟아온 사람들도 있다. 흔히들 밑바닥부터 시작한 사람들은 자신이 힘들었던 만큼 상대방에 대한 이해의 폭도 넓다고 하는데, 그 이면에는 위험 또한 존재한다는 사실을 깨달았다. 처음에서 끝까지 모든 것을 다 아우르고 있는 만큼 일일이 다 상관을 하게 되고, 그게 결국 스스로도 통제할 수 없는 회사 내 농단으로 이어질 수 있다는 것이다. 아는 만큼 보인다고, 그 보이는 것을 다 상관하다 보면 결국 자신은 물론 상대방도 지칠 수밖에 없다. 따라서 아는 만큼 보이지만 그냥 못 본 척하는 것도 또 하나의 삶의 지혜가 아닐까 싶다.

큰 돈 쓸쓸이
빈털터리 친구의

　지금은 마스크를 쓰지 않으면 밖에 나갈 수조차 없는, 그동안 유래가 없었던 잔인한 코로나 시대를 살고 있다. 다들 눈만 보일 뿐, 코와 입은 커다란 마스크로 가려져 있어서 얼굴 구경하기 힘든 세상이 되어버린 것이다. 사람의 표정을 볼 수가 없으니 상대방의 마음을 알 수도 없고……. 거기에서 오는 삭막함이야말로 우리 사회를 더더욱 꽁꽁 얼어붙게 만드는 것 같다. 그런데 참 재미있는 건, 마스크로 얼굴 대부분을 가렸는 데도 불구하고 친한 사람들은 물론 웬만한 지인들은 다 알아본다는 사실이다.

　한번은 이런 일이 있었다. 주위가 어둑어둑해질 무렵, 저녁 반찬거리가 없어서 마스크로 얼굴 대부분을 가린 채 부랴부랴 반찬 가게로 향하고 있었는데, 몇몇 엄마들이 날 어떻게 알아봤는지 "○○이 엄마, 어디를 그렇게 바쁘게 가요?"라고 하는 게 아닌가! 그 순간 깜짝 놀라 상대방을 쳐다봤는데 나 역시 그 엄마들이 누군지 금방 알아볼 수 있었다. 그럴 줄 알았으면 머리라도 단정히 매만지고 나올 것을. CCTV가 만연해 있는 요즘, 얼굴 가린 범죄자들은 다시 한번 생각해 볼 일이다. 분명 누군가는 CCTV에 찍힌 자신의 모습을 알아볼 수도 있을 테니까 말이다.

여하튼 지금 시대와는 달리 마스크는 황사 때만 쓰던 코로나 이전 시대에는 20대 젊은이들만 보면 그 풋풋한 싱그러움에 어찌나 기분이 좋아지는지 그때마다 나의 그 시절도 한 번씩 추억해 보곤 했다. 그 시절 늘 함께 어울려 다니던 몇몇 친구들이 있었다. 그 친구들과 명동, 이대, 신촌 등을 활보하면서 쇼핑도 하고, 미용실도 가고, 길가에 즐비하게 늘어선 포장마차 안에 들어가 떡볶이, 어묵, 순대, 호떡 등을 사 먹으면서 즐거운 시간을 보내곤 했다. 그 당시만 해도 한창 생기발랄한 20대였으니까 뭘 입어도 예쁘고, 뭘 먹어도 맛있었던 그런 아름다운 시절이었다.

그런데 그중 한 친구가 돈이 없어서인지 매번 신세를 지곤 했다.

예를 들어 돌아가면서 밥을 살 때도 그 친구는 예외였고, 항상 뭘 먹으러 다닐 때도 각자의 몫을 그 친구에게 조금씩 나눠주는 식이었다. 물론 처음엔 다들 못마땅해했지만 그 친구의 주머니 사정상 딱히 뭐라고 말할 수 있는 입장도 아니었다. 돈 없는 게 죄는 아니니까 말이다. 그렇게 그 친구를 포함한 네 명이서 자주 어울리곤 했는데, 언제부터인가 그 친구에게 무슨 일이 생겼는지 모임에 뜸해지기 시작했다. 연락을 하면 전화를 안 받는 경우가 허다했고, 가끔 만나더라도 바쁜 일이 있다면서 먼저 자리를 뜨곤 했다. 솔직히 그동안 좀 얄밉기도 했지만 그래도 사총사로 지내오다가 막상 한 명이 없다 보니 왠지 모를 허전함이 느껴지기도 했다.

"얘들아, ㅇㅇ이한테 남자 친구 생겼나 봐."

"정말? 그래서 요즘 얼굴 보기가 힘들었구나."

"그럼 남자 친구가 생겼다고 솔직하게 얘기를 하든지……."

"그러게 말이야. 자꾸 피하니까 괜히 우리들이 왕따시키는 것 같잖아."

"그건 그래."

"그나저나 ㅇㅇ이한테 남자 친구 생긴 것은 어떻게 알았어?"

"내 친구가 얘기해 줬는데……. 명동 거리에서 어떤 남자랑 다정하게 손잡고 가는 것을 봤다고 하더라고. 그런데 그 남자, 아주 잘 생겼다나 어쨌다나."

"그래서 결국 우정을 버리고 사랑을 선택한 거야?"

"그러게. 역시 사랑이 우정보다 센가 봐."

그래도 꽤 오랜 시간 동안 함께 해오던 친구였는데, 남자 친구가 생기니까 마음도 점점 멀어지는 듯했다. 그렇다고 사랑을 버리고, 우정을 선택할 수는 없는 일! 그 친구는 그 친구 나름대로 사랑에 최선을 다하고 있었고, 또 남은 우리 삼총사는 여행도 다니고, 영화도 보러 다니면서 나름 돈독한 우정을 쌓아나가고 있었다. 다만, 그 친구는 가끔씩 우리들 모임에 참석하면서 우정의 끈은 놓지 않으려고 노력했다. 주머니 사정상, 여전히 우리들 신세를 지면서 말이다. 그 당시 정말 다행이라고 생각했던 건, 그나마 남자 친구가 생겨서 우리가 떠안아야 될 부담이 조금은 줄었다는 것이다. 대신 그 남자 친구가 좀 부담스럽겠지만 말이다.

그러던 어느 날, 삼총사 가운데 한 명으로부터 황당한 얘기를 전해들었다. 늘 주머니 사정이 좋지 않았던 그 친구가 자신의 남자 친구에게는 돈을 물쓰듯이 쓴다는 것이었다. 그 사실은 그 남자 친구와 제법 친하게 지낸다는 주변 사람이 있었기에 드러났다. 솔직히 그 얘기를 듣는 순간 배신감이 들었다. 그동안 우리들에게 했던 행동들이 다 거짓이었기 때문이다. 도대체 왜 그렇게까지 해야만 했을까?

아무리 생각해도 난 그 친구를 도저히 이해할 수가 없었다. 덜 먹고, 덜 입더라도 오직 자식에게만큼은 좋은 것만 주고 싶은 엄마의 심정이었을까? 사실 자식을 향한 엄마들의 사랑도 남에게 신세를 지면서까지 자식에게 다 쏟아붓지는 않는다.

아무리 사랑에 눈이 멀었다고, 그 사랑을 위해서 우정을 이용한다는 것은 결국 모든 것을 잃게 만들 뿐이다. 가끔 기사에서도 사랑하는 연인을 위해서 모든 것을 다 바쳤는데, 상대방이 변심을 하는 바람에 결국 범죄로 이어지는 사례가 종종 나오곤 한다. 사랑을 하게 되면 상대방에게 잘 보이고 싶은 마음이 생긴다는 건 충분히 이해가 간다. 그렇다고 남에게 피해를 주면서까지 상대방에게 잘 보이려고 하는 것은 그야말로 위선일 수밖에 없다. 혹여, 그런 마음으로 사랑을 유지하려고 한들 과연 그 사랑이 얼마나 오래갈 수 있을까? 진정한 사랑은 결코 물질만으로 이루어지는 게 아닐 텐데 말이다.

돈 없는 게 죄는 아니기에 그 친구의 행동을 이해하고 받아줬다. 그런데 우리들에게 돌아온 건 산산이 부서진 믿음이었다. 당시 다른 친구들은 마음이 어땠을지 잘 모르겠지만 적어도 난 우정에 대해서 다시 한번 생각해 볼 수 있었던 기회였다. 그때부터 우리들은 그 친구를 멀리하기 시작했고, 시간이 지나면서 그 친구와의 추억도 서서히 잊혀져 갔다. 물론 그 사이에 그 친구로부터 수차례 연락이 왔었지만 다들 그 친구와의 만남을 더 이상 원하지 않았다. 그렇게 그 친구와의 인연은 그 사건을 계기로 끝이 났다.

이후 그 친구에 대한 소식을 들었는데……. 결국 남자 친구와 헤어졌고, 그로 인한 상처로 인해 많이 힘들어한다는 얘기를 들었다. 그때 난 생각했다. 만약 그 친구가 우리와의 우정을 진심으로 대해줬더라면 비록 사랑이 깨지더라도 우정의 힘으로 다시 일어설 수 있었을 것이다. 그런데 그 친구는 사랑과 우정, 둘 다 잃어버린 셈이다. 여자 친구와의 우정에서는 빈털터리! 남자 친구와의 사랑에서는 커다란 쓸쓸이! 사실 난 그 친구의 모습에서 인간의 양면성을 보게 되었다.

사람들은 누구나 다 양면성을 가지고 있긴 하다. 굳이 선과 악의 논리로 따지자면 대부분의 사람들은 선한 마음과 악한 마음을 둘 다 가지고 있을 것이다. 사실 나도 세상을 선하게 살아가려고 하지만 어느 순간 악한 마음이 불쑥 솟아오를 때도 있다. 그 순간, 나 스스로에게 많이 놀라기도 하는데……. 예전, 그 친구를 생각해 보면 인간의 양면성을 감추기에는 아직 어린 나이였기에 그런 어리석은 행동이 나오지 않았을까 싶다. 그런데 문제는 그런 친구와 인연을 아예 끊어버린 나 역시도 어리석기는 마찬가지였다. 분명 인간에게는 선한 마음과 악한 마음이 함께 공존하고 있는데 말이다.

교사를 뚫고 나온 춤꾼

　나 스스로에게 자주 묻곤 한다. 지금 내가 가고 있는 이 길이 진정 내가 원하는 길이냐고. 대학에서 의상학과를 전공한 뒤 사회에 나와서 의상 관련 일을 했다. 아마도 기껏 해봐야 1년 남짓이었을까? 이후로 난 전공 분야와 영원한 이별을 하고 싶었다. 사실 대학에서 의상을 전공할 때도 전혀 흥미를 느낄 수가 없었고, 사회에 나와서도 역시 의상 일은 내 적성에 전혀 맞지 않았다. '난 그동안 뭘 한 거지?', '난 앞으로 뭘 하면서 살아야 하나.' 첫 단추가 잘못 꿰어졌다. 물론 곧바로 풀긴 했지만 다시 제자리에 꿸 수가 없었다. 왜냐하면 딱히 뚜렷한 목표가 없었으니까. 그렇게 목표 없는 삶은 한동안 내 삶의 첫 단추를 꿰지 못한 채 그저 방관할 수밖에 없었다.

사실 내가 의상학과를 전공한 데는 이유가 있었다. 그 당시 난 진로에 대한 뚜렷한 목표도 없었거니와 아직 나이도 어리다 보니 가족들의 권유를 뿌리칠 수가 없었다. 지금도 생각난다. 그 당시 내 언니의 지인 중에 유명한 의상 디자이너가 한 명 있었는데……. 동생인 내가 대학을 앞두고 진로에 대해서 고민을 하고 있으니까 언니 입장에서 의상 디자인을 한번 해보면 어떻겠냐고 물어온 것이다. 그렇게 언니의 말 한마디에 결국 내 전공 과목이 선택되었고, 이후 내가 짊어지고 가야 할 대가는 너무도 컸다. 재미없는 대학 생활과 무의미한 직장 생활, 그리고 이어지는 방황의 시간들.

　고작 1년 남짓한 의상 관련 일을 그만두고, 한동안 뿌연 안갯속을 헤맸다. 앞이 전혀 보이지 않았던 그 안개는 시간이 지나도 좀처럼 걷히지 않았고, 그 안에서 난 점점 더 지쳐갔다. 그렇게 나 스스로를 얼마나 방치했을까! 어느 날, 문득 글이 쓰고 싶어졌다. 학창 시절에도 글을 쓰면서 내 마음을 달랬던 기억에 왠지 글을 쓰면 조금은 행복해질 것 같았다. 이후 아침에 눈을 뜨면 무조건 컴퓨터 앞에 앉아 내 마음을 하나하나 정리해 나갔다. 내 마음 깊은 곳까지 다 끌어내어 한 자 한 자 글자로 옮겨놓으면 그냥 편안해졌다. 그러면서 내 앞을 가로막은 뿌연 안개도 서서히 걷히기 시작했다.

희망이 보이는 듯했다. 앞으로 내가 갈 길이 어딘지. 그렇게 글을 쓰기 시작하면서 여러 곳에 문을 두드렸고, 우연한 기회로 방송 구성을 하게 되었다. 그리고 좀 더 완성된 글을 쓰고 싶어서 잡지사에서 기자 생활도 했고, 결국 모 출판사 기획 파트에 들어가 책을 쓰기에 이르렀다. 지금 생각해 보면 내 삶에 있어서 참 험난한 여정이었지만 내가 앞으로의 삶을 살아가는 데 있어서 돈 주고도 살 수 없는 값진 경험들이었다는 생각이 든다. 그러니까 다시 펜 첫 단추는 제대로 꿰어진 셈인 것이다.

그저 막연하게 의상 디자이너를 꿈꿨다가 그 길이 내 길이 아님을 깨닫고, 다시 진정한 내 길을 찾기까지 난 어떻게 보면 꽤 운이 좋았던 사람이었다. 그건 분명 내 마음의 행복을 찾고자 했던 게 컸던 것이다. 그런데 그렇지 않은 삶을 사는 사람들이 의외로 많다. 다른 사람의 이목을 생각해서 자신이 진정 원하는 일을 포기한 채 살아가고 있는 사람들, 예를 들면 자신은 유명한 유튜버가 되고 싶은데 부모의 뜻인 의사가 되려고 하는 사람, 자신은 판사가 되고 싶은데 경제적 여건이 따라주지 않아서 그냥 포기하는 사람, 자신은 연예인이 되고 싶은데 심하게 반대하는 부모님 때문에 갈등을 겪는 사람 등등.

중요한 건, 내 미래에 있어서만큼은 주위 사람들의 시선보다는 나의 확고한 선택과 그에 따른 책임이 뒤따르면 되는 것이다. 다른 사람의 의지가 아닌 내 의지로 개척하는 내 미래는 그 과정이야 어찌됐건 간에 내가 선택한 것이기에 분명 행복을 찾아가는 의지 또한 스스로 만들어 갈 수 있지 않을까 싶다. 나 또한 그랬으니까. 자신이 정말 즐거워서 하는 일은 쉽게 지치지 않을뿐더러 마음이 행복해서 그런지 얼굴 또한 환하게 빛이 난다. 예전에 전혀 예상치 못했던 어떤 엄마의 놀라운 반전이 있었다.

"유치원생 가르치는 것 힘들지 않아요?"

"아이들이 너무 예쁘긴 한데, 이래저래 신경 쓸 일들이 많긴 해요."

"그나저나 요즘도 명절 때면 한복 입고 음식 장만해요?"

"그럼요. 그렇게 안 하면 시부모님이 싫어하시거든요."

"명절 음식 준비하는 것도 힘들 텐데, 거기에 한복까지 입으면 얼마나 불편할까 싶네요."

"정말 불편해요. 저도 편하게 입고 싶은데 시댁 문화가 그런 걸 어떡하겠어요."

"어휴! ○○이 엄마는 참 대단한 것 같아요. 유치원 선생님에, 고분고분한 며느리에……."

그 당시 초등학교에 다니던 큰아이와 같은 반 친구인 ○○이 엄마
와의 대화 내용이다. 그날은 초등학교 체육대회 행사가 있었고, 구
경하러 학교에 가는 길에 우연히 그 엄마를 만나 이런저런 대화를
나누게 되었다. 유치원 교사였던 그 엄마는 마침 유치원이 쉬는 날
이라 겸사겸사 체육대회를 보러 왔다고 했다. 매번 느끼는 거였지만
그 엄마를 볼 때마다 수수한 옷차림에 차분한 목소리 그리고 약간
수줍어하는 순수함이 느껴지곤 했다. 다만, 얼굴에 다소 그늘이 드
리워져 있었다.

  그렇게 그 엄마와의 만남이 있고 나서 시간이 꽤 흘렀다. 어느 날
인가 또 초등학교 행사가 있어서 같은 반 엄마들끼리 옹기종기 모여
있는데 저만치서 그 엄마가 걸어오는 모습이 보였다. 그런데 이게
웬일인가! 예전 그 엄마에게서 느껴보지 못했던 낯선 분위기가 감돌
았다. 긴 생머리는 화려한 사자 머리로 변해 있었고, 수수한 옷차림
은 반짝반짝 스팽글이 달린 화려한 옷으로, 화장기 없는 얼굴은 진
한 색조 화장으로, 차분한 목소리는 약간 흥분된 목소리로 변한 채
환하게 미소를 띠고 있었다.

  그 순간, 그 엄마를 알고 있던 몇몇 엄마들이 화들짝 놀라며 물었
다. "아니, 어떻게 된 거예요? ○○이 엄마 맞아요?"라고. 한동안 그

엄마를 못 보던 사이에 분명 뭔가 큰 변화가 있었던 것이다. 그런데 아니나 다를까 얘기를 들어 보니 그 엄마는 유치원 교사를 그만두고, 에어로빅 춤에 푹 빠져 있었다고 한다. 이유인즉, 원래부터 몸을 써서 하는 운동이라든지 춤을 좋아하는데 그동안 자신의 끼를 발휘하지 못한 채 그저 억누르면서 살아왔다는 것이다. 그러다 보니 삶이 우울해지고, 왜 살아야 하는지조차 그 의미를 알 수 없었단다.

그러다가 어느 순간 자신에게 씌워진 가면을 당장이라도 벗어던지지 않으면 미쳐버릴 것 같은 생각이 들어 그 즉시 춤을 추러 갔다는 것이다. 그리고 이후 그 엄마의 삶은 180도 변했다. 솔직히 내가 봐도 예전 그 그늘진 얼굴과는 전혀 다른 환한 빛이 뿜어져 나왔다. 정말이지 세상을 다 얻은 것처럼 마냥 행복해 보였다. 그렇게 그 이후로도 몇 번 그 엄마를 봤지만 행복한 모습은 여전히 진행형이었다.

그리고 지금으로부터 6년 전, 내 엄마가 돌아가셨을 때 장례식장에 그 엄마가 모습을 드러냈다. 반짝반짝 스팽글이 달려 있는 검은색 민소매 티셔츠에 착 달라붙은 검은색 스키니 바지! 모두들 놀라움을 금치 못했지만 난 그 엄마의 그런 모습이 진정성이 있어 보여서 좋았다. 거기에 한술 더 떠 내 언니는 너무 울어서 팅팅 부은 눈으로 나를 툭툭 치며 "저 엄마, 참 멋있다!"라고 하는 것이 아닌가!

백조의 힘찬 발길질
여유로워 보이는

　무대의 막이 오르면서 차이코프스키의 '백조의 호수'라는 연주곡이 귓가에 잔잔히 흐른다. 이어 새하얀 발레리나들이 호수 위에 떠 있는 백조들처럼 무대 위를 아름답게 수놓는다. 어쩜 저리도 황홀할까! 매 순간마다 온몸에 전율을 느끼며 그 분위기에 흠뻑 압도당하곤 한다. '백조의 호수' 발레 공연은 직접 가서 보았든, TV에서 보았든 누구나 한 번쯤은 감상을 해보지 않았을까 싶다. 그 아름답고도 황홀한 발레리나의 자태! 그런데 그 밑은 보기만 해도 아플 것 같은 까치발을 한 채 쉴 새 없이 움직이고 있었다. 우리나라 최고의 발레리나인 강수진의 발을 보았다. 어디 한 군데 성한 곳이 없었던, 그녀의 뭉개진 발을 보면서 아름다움 뒤에 감춰진 발레리나의 삶을 엿볼 수 있었다.

백조의 모습도 마찬가지다. 호수에 떠 있는 여유로운 백조의 모습, 그 물밑 세상은 빠져 죽지 않기 위해, 힘차게 발길질을 해대는 백조의 발이 있다. 사실 그러고 보면 우리네 삶도 마찬가지인 듯하다. 보다 여유로운 삶을 즐기기 위해서는 그만큼 열심히 일해야만 가능한 일이기 때문이다. 물론 열심히 일하지 않고도 경제적으로 여유로운 삶을 즐길 수 있는 사람들도 있다, 다만, 내가 여기에서 말하고자 하는 여유란 열심히 일하고 난 후에 비로소 누릴 수 있는 마음의 만족감을 말한다. 내 경우를 보더라도 그날 해야 할 일을 끝마쳤을 땐 그다음 날은 보다 더 여유로운 마음으로 시작할 수 있지만 그날 해야 할 일을 다음 날로 미뤘을 땐 다음 날에 해야 할 일과 그전에 하지 않은 일이 추가되어 왠지 마음이 급해지곤 한다. 게다가 하루 미뤄진 일 때문에 계속해서 다음, 그다음으로 미뤄지면 늘 불안한 마음으로 지낼 수밖에 없다.

예전에 첫 책을 집필할 때였다. 출판사 사장이 마감 기한을 정해 준 상황에서 내 딴에는 시간적 여유가 많다고 판단하고 한동안 게으름을 폈다. 사실 난 고된 집필 작업에 앞서 실컷 놀고 싶었다. 그래서 집필 시작부터 집필 마감까지의 시간을 빠듯하게 잡아놓고 나머지 빈 시간을 친구들과 만나 영화도 보러 다니고, 그동안 못 잔 잠까지 실컷 자면서 세상 편하게 지냈다. 그렇게 얼마나 뒹굴뒹굴했을까? 곧 일을 시작해야 할 시점이 다가오고 있었다. 나름 빠듯한 일정 속에서 일일 계획, 일주 계획, 한 달 계획을 짜 내려가기 시작했고, 그 계획대로 일을 서서히 추진해 나갔다.

그런데 그 과정에서 글을 쓰기 위한 '자료 수집'과 책 내용에 들어갈 '인터뷰' 건에 문제가 발생했다. 자료 수집에 있어서는 내가 원하는 만큼의 자료를 충분히 수집하지 못했고, 인터뷰 건에 있어서도 자꾸만 스케줄이 어긋나는 바람에 계획을 다시 짜야 하는 난감한 상황이 벌어지곤 했다. 그러다 보니 일일 계획, 일주 계획, 한 달 계획이 전부 틀어져 버리는 그야말로 뒤죽박죽이 되어버린 것이다. 참고 자료는 턱없이 부족하고, 인터뷰는 자꾸만 미뤄지고, 원고 마감은 다가오고……. 하루하루 불안한 마음에 원고조차 제대로 써지질 않았다. 아마도 그 당시 원고 마감 임박을 앞두고 있는 내 모습을 본 사람들, 특히 가족들은 내가 마치 언제 터질지 모르는 시한폭탄처럼 보이지 않았을까 싶다.

여하튼 원고 마감 기한을 넘기지 않고 겨우겨우 원고를 제출하긴 했다. 그래도 나름 책임감은 있었다. 그런데 그 과정이 너무도 힘들었고, 심지어는 막판에 3일 밤을 새우다가 쓰러지기까지 했다. 지금 생각해 보면 참으로 어리석었다. 미리 조금씩 해놓았더라면 여유 있는 하루하루를 보냈을 것이고, 자료 수집과 인터뷰 건에 있어서도 훨씬 만족도가 높았을 텐데 말이다. 게다가 3일 밤을 꼬박 새우다가 쓰러지는 대참사는 일어나지 않았을 것 아닌가! 그 이후로 무슨 일이든 닥쳐서 하지 않고 미리 조금씩 해두는 나의 습관은 그 당시 아주 호되게 겪었던 우왕좌왕 첫 책 집필 작업 이후 형성된 것이다.

　사실 사회생활을 통해서 다양한 사람들을 만나곤 하는데, 그중에는 정말 여유로운 백조의 모습을 한 사람들이 있다. 그런 사람들을 볼 때마다 그 이면의 부지런함을 상상해 보기도 하는데……. 아마도 자신이 목표한 바를 완벽하게 소화해 냄으로써 표출되는 자신감과 뿌듯함이 곧 여유로운 모습으로 비치는 게 아닐까 싶다. 물론 그렇지 않은 사람들도 있다. 그러니까 굉장히 부지런한 데다가 자신이 목표한 바를 꾸준히 이루어 나가는 데도 불구하고 의외로 불안해 보이는 사람들도 적지 않다. 그건 아마도 만족을 모르는 과도한 욕심 때문이 아닐까 싶다. 또한 게으른 모습이 자칫 여유로운 모습으로 보이는 경우도 있을 것이다. 다만, 그러한 모습이 꾸준할 수 있는지가 문제다. 마찬가지로 백조의 모습 역시 물밑에서의 발길질이 과하거나 덜할 경우 과연 그 여유로운 모습을 계속해서 유지할 수 있을까?

또 다른 예로 백조의 모습을 엄마의 부지런함과 아이들의 여유로움에 비유해 보고자 한다. 대부분의 아이들은 엄마의 부지런함에 커다란 영향을 받는다. 나도 첫째 딸아이가 어렸을 때는 정말이지 눈코 뜰 새 없이 바빴다. 그 시기엔 엄마가 정성을 기울인 만큼 고스란히 아이에게 전해지기 때문이다. 따라서 공부 습관 잡아 주랴, 다양한 경험을 시켜 주랴, 학원 알아봐 주랴, 친구들 관계 형성해 주랴, 좋은 음식 해서 먹이랴, 참 많은 것들을 해준 것 같다. 그래서인지 첫째 딸아이는 보다 안정되고, 편안한 생활을 할 수 있었다. 반대로 내가 몸이 아파서 아이에게 신경을 못 써 줄 경우엔 아이도 불안정해 보이고, 심지어는 면역력이 급격하게 떨어지면서 따라 아프기까지 했다.

　아이가 사춘기 때는 부모의 사랑과 관심을 지나친 간섭이라고 생각하고 부모를 거부하기 시작한다. 따라서 아무리 사랑을 주고 싶어도 절대로 받아들이지 않는 사춘기 증상 때문에 그저 묵묵히 지켜보는 수밖에 없다. 그러다 보니 그나마 몸에 배어 있었던 공부 습관, 생활 습관, 인성, 식습관 등의 기본적인 습관조차도 와르르 무너지면서 모든 게 피폐해지는, 그야말로 엉망진창인 삶이 되고 만다. 하지만 그 시기엔 자신이 왜 그렇게 변해 가는지 전혀 알아채지 못한다. 그냥 부모가 부담스럽고, 간섭이 싫을 뿐이다. 아마도 아이들을 키우는 모든 부모들은 그런 사춘기 아이들을 옆에서 죽 지켜보면서 많이 힘들었으리라 생각한다.

여하튼 '이 또한 지나가리라'라는 명언처럼 어느덧 사춘기 시기도 지나가고…… 현재 고등학교에 재학 중인 첫째 딸아이 모습에서 예전의 좋은 모습들이 서서히 나타나기 시작한다. 어느 한순간, 백조가 마음이 너무 괴로워 물밑 발길질을 거부하긴 했지만 다시 마음을 다잡고 열심히 살고자 노력하는 모습에 물밑 발길질도 다시 힘을 내기 시작한 것이다. 이처럼 부모와 자식은 떼려야 뗄 수 없는 관계다. 자식이 그 무언가를 하고자 노력한다면 부모 역시 최선을 다해서 뒷바라지를 해주고 싶은 게 자식을 향한 모든 부모의 마음이 아닐까 싶다. 사실 난 전혀 예상치 못했던 아이의 사춘기로 인해 '도대체 내가 뭘 잘못했지?' 하는 죄책감을 갖곤 했다. 그런데 지금 생각해 보니 그 당시로서는 나름 아이에게 최선을 다했다는 생각이 든다. 물론 아이가 그런 내 마음을 알아주지 않아도 괜찮다. 다만, 아이의 정서적인 안정을 위해 지금까지 엄마로서 최선을 다해 열심히 살았노라고, 앞으로도 최선을 다할 거라고 나 스스로에게 다짐할 뿐이다.

Part 2

마음속의 정직한 표출

순종 속에 감춰진 분노

착각이었다. 그 무언가를 지시했을 때 오는 반응은 별다른 거부감 없이 "네."라는 대답과 행동이었다. 적어도 아이들보다 인생을 많이 살아온 나였기에 무조건 엄마인 나를 따르라고 지시했고, 아이들 역시 엄마라는 집안의 권력 앞에 순종하며 잘 따라와 줬다. 그런데 그게 나의 큰 착각이었다. 아이들이 어릴 때는 무조건 엄마한테 의지하는 경향이 있기 때문에 혹여 엄마한테 혼날까 봐, 엄마한테 칭찬받고 싶어서 자신의 감정을 숨긴 채 살아왔을 터인데 사춘기 이후부터는 문제가 확연히 달라진다.

"엄마, 이것 좀 보세요. 나 잘 그렸죠?"

"응, 잘 그렸는데……. 얼굴 부분이 얼룩져서 그런지 좀 지저분해 보이는구나."

"난 괜찮은 것 같은데."

"그건 그렇고, 오늘 숙제는 다 했니?"

"조금만 하면 되니까 이따가 저녁에 하고 지금은 친구들이랑 놀이터에서 자전거 좀 타고 올게요."

"이제 곧 저녁인데, 빨리 숙제부터 끝내놔야지."

"친구들이 지금 나오라고 하는데…….”

"너무 늦었으니까 오늘은 안 된다고 해."

"…….”

"어허! 어서."

"네."

　나의 품에 쏘옥 들어왔던 아이들의 자그마한 몸은 어느새 훌쩍 자라 가끔은 아이들의 팔이 나의 어깨에 척 하고 걸쳐져 있을 때도 있다. 순간 기분이 묘하기도 하지만 어쨌든 아이들의 키가 부모의 키를 따라잡는 순간 그만큼 자아도 자라나 부모의 말에 하나하나 꼬투리를 잡기 시작한다. 처음엔 그런 아이들을 다그치면서 나의 자존심을 지키려고 안간힘을 써보지만 결국 전혀 통하지 않는 벽과 같은 사춘기 앞에서 부모는 처절하게 무너지고 만다. 그렇게 난 어둡고

긴 터널을 지나고서야 비로소 순종 속에 감춰진 분노를 들여다볼 수 있게 되었다.

"너무 자는 거 아니니? 이제 곧 시험인데 어떻게 하려고……."

"……."

"어서 일어나렴."

"……."

"소리 안 들려? 어서 일어나라니까."

"……."

"아이고! 속 터져. 빨리 안 일어나!!"

"에이, 짜증 나! 내가 알아서 할 테니까 내 방에서 나가세요."

수많은 방황 속에서 진정한 자신을 찾은 아이는 지금에 와서 엄마가 무서웠다고 말한다. 그래서 하기 싫어도 했고, 반항하고 싶어도 꾹 참아야 했단다. 그런데 난 그것도 모른 채 순종하는 아이의 모습이 사랑스럽게만 느껴졌으니……. 한동안 나 자신에 대해서 곰곰이 생각해 봤다. 그리고 스스로에 대한 깊은 성찰을 통해 조금씩 변화해 나갔고, 아이의 눈높이에 맞춰 생각하고, 말하고, 행동했다. 그 결과 아이는 무조건 순종하기보다는 싫고 좋음을 분명하게 피력했고, 부모의 입장에서도 그런 아이의 진정한 마음을 알 수 있어서 편했다.

그런데 지금에 와서 생각해 보니 문제는 나와 아이들이 아닌 나와 아빠와의 관계였다. 어렸을 적 난 권위적인 아빠가 무서워서 무조건 따랐고, 아빠의 일방적인 말과 행동에 길들여져 감히 나의 의견은 내놓을 수조차 없었다. 반대로 언니와 남동생은 때때로 반항을 한 탓에 아빠의 미움을 샀고, 나라도 아빠의 기분을 맞춰주기 위해서 가식적으로 행동할 수밖에 없었다. 그러니까 겉으로 보기엔 아빠에게 순종하는 그야말로 착한 딸이었던 것이다. 적어도 아이들의 혹독한 사춘기를 겪기 전에는.

한번은 이런 일이 있었다. 엄마가 이 세상을 떠난 지 어느덧 6년째가 되어가는 지금, 아빠가 외로웠는지 술이 거하게 취한 채 밤늦게 나에게 전화를 했다. 그리고는 한참 동안 일방적으로 푸념 섞인 얘기를 늘어놓더니 다짜고짜 왜 전화를 자주 안 하냐는 등 큰소리로 나를 다그치는 게 아닌가! 순간, 아이들 사춘기로 하루하루 힘들게 버티고 있었던 난 그동안 아빠한테 쌓인 감정을 모조리 다 쏟아 부었다. 그리고 1년 가까이 서로 연락을 끊은 채 살았다. 솔직히 자식이 처한 극도의 상황은 외면한 채 당신의 외로움 때문에 나에게 준 마음의 상처는 그동안 참아 왔던 아빠에 대한 분노를 폭발시키기에 충분했다.

난 아빠한테 전화를 하고 싶지 않았다. 당시 나에게 처한 현실도 무척 힘들었고, 굳이 마음이 가지 않는데 형식적으로 하고 싶지도 않았다. 그건 내가 지금껏 삶을 살아오면서 진정성이 없는 가식이 얼마나 부질없는 행동인지 깨달았기 때문이다. 마음에서 우러나지 않는 말과 행동! 그것이 얼마나 상대방의 마음을 혼란스럽게 하고, 또 얼마나 자신의 마음을 피폐하게 만드는지 난 아이들의 사춘기를 통해 아주 절실하게 깨달았다. 그러니까 아무리 부모와 자식 간이라도 맹목적인 순종은 서로 간에 전혀 무의미한 것이다.

"아빠, 저 내일 친척 모임에 못 갈 것 같아요."

"무슨 일인데?"

"저랑 단짝 친구인 〇〇이 생일이거든요. 그래서 그 친구 집에 초대받았어요."

"그럼, 집안에 중요한 일이 있다고 하고 나중에 선물만 전해 주면 되잖아."

"초대를 받은 친구들이 다 올 텐데 저만 빠지면 좀 그렇잖아요."

"그래도 가족 일이 더 중요하지. 그냥 못 간다고 해."

"이번만 빠지면 안 돼요?"

"어허! 안 돼."

"친구 집에 가고 싶은데……."

"……."

"네, 알았어요."

　어린 시절, 아빠의 권위적인 모습에 주눅이 든 나는 무조건 아빠 뜻에 순종하는 그런 착한 딸이었다. 하지만 한편으로는 가슴 깊숙이 분노의 불씨가 싹트고 있었음을 지금에서야 깨닫고 있다. 오히려 아빠를 향한 언니와 남동생의 행동이 더 진실되고, 난 비겁했다는 생각이 든다. 이제부터라도 있는 그대로 솔직하게 살고 싶다. 상대방이 그 무언가를 원할 때 가장 먼저 나의 마음부터 들여다볼 것이다. 그리고 나의 진정한 마음을 숨김없이 표현함으로써 그 이면에 싹틀 수 있는 분노의 불씨를 미리 막아낼 것이다. 그게 바로 행복한 삶의 이유가 될 수 있으니까.

빨리 하늘나라로?
몸에 좋은 것만 먹다가

내 어릴 적 친할머니의 모습은 이랬다. 허리까지 길게 늘어진 백발을 정갈하게 싹 쓸어 올려 쪽머리를 한 다음 은색 비녀로 꽂은 할머니의 당시 연세는 60세. 늘 수수한 한복 차림에 하얀 고무신을 신고, 구부정한 허리로 지팡이를 짚고 다니시던 모습이 아직도 눈에 선하다. 쪼글쪼글한 피부에 이마에는 주름이 깊게 파이고, 치아도 온전한 게 거의 없을 정도로 군데군데 빠졌고 썩은 치아들이 자리를 잡고 있었다. 그 당시 내 친할머니의 모습은 그야말로 우리가 생각하는 그 옛날 할머니들의 전형적인 모습이었다.

그런데 지금의 내 나이 52세는 그 당시 할머니의 나이인 60세에서 겨우 8세가 적은 것이다. 현재의 나는 티셔츠에 청바지 그리고 운동화를 신고 다닌다. 얼굴의 주름? 남들처럼 피부 미용에 전혀 신경을 쓰지 않아도 보기 흉한 주름은 거의 없는 것 같고, 흰머리 또한 굳이 머릿속을 들여다보면 모를까 딱히 겉으로 드러나지 않기에 간혹 남들의 부러움을 사기도 한다. 게다가 치아는 몇 년 전, 아래 어금니 두 개를 임플란트한 것 빼고는 비교적 튼튼한 편이다.

여하튼 나의 어릴 적 할머니의 모습과 요즘 할머니들의 모습은 너무도 많이 달라졌다. 지금의 60대 어르신들을 보면 정말이지 깜짝 놀랄 정도로 젊고, 건강하다. 그러다 보니 겉으로 드러나는 모습만 보고는 전혀 나이를 가늠할 수 없기 때문에 자칫 상대방의 나이를 잘못짚어서 오해를 불러일으키는 경우도 종종 있다. 그래서 난 좋은 게 좋은 거라고 나보다 나이가 많아 보이는 누군가가 "나 몇 살처럼 보여요?"라고 물으면 비록 터무니없지만 내 나이보다 적게 어림잡아 말하곤 한다. 그럼, 대화하는 내내 상대방의 얼굴에 미소가 떠나질 않는다.

요즘은 흔히 말하는 100세 시대다. 아마도 대부분의 사람들이 100세까지 별 탈 없이 건강하게 살기를 바랄 것이다. 물론 100세 시대라고는 하지만 내 주변 대부분의 부모님들이 70~80대에 세상을 많이 떠난다. 노환이라든지, 지병이라든지, 갑작스러운 심정지로. 그런데 참 아이러니하게도 60대의 젊은 나이에, 그것도 몸에 좋다는 음식만 일부러 찾아다니던 분이 일찍 세상을 떠나기도 하고, 반면 운동도 거의 안 하는 데다가 인스턴트 음식을 즐겨 먹는 분이 딱히 어디 아픈 곳 없이 건강하게 잘살고 있는 경우도 많다.

"할머니께서 손주를 봐주시나 봐요?"

"네. 아이 엄마가 너무 바빠서 퇴근 전까지만 내가 손주를 봐주고 있어요."

"아! 손주가 너무 예쁘시겠어요."

"그럼요. 내 자식 키울 때와는 또 다른 느낌이더라고요."

"아마도 부모로서 느끼는 부담을 한 단계 뛰어넘어서 그런 게 아닐까요?"

"그런 부분도 있겠지요."

"아이 할아버지는 학교에서 한 번도 뵌 적이 없는 것 같은데……."

"일찌감치 하늘나라로 갔어요. 그렇게 몸에 좋은 것만 찾아 먹더니만."

"아이고! 그랬군요."

둘째 아이가 초등학교 1학년 때, 아이의 하교 시간에 맞춰 학교 후문에서 기다리고 있을 때였다. 그때마다 항상 먼저 와서 기다리고 있는 할머니가 한 분 계셨는데, 60대로 보이는 젊고 세련된 할머니였다. 아이들이 끝날 때까지 멀뚱하게 있기도 뭐해서 그 할머니와 난 이런저런 얘기들을 주고받곤 했는데, 그 과정에서 남편 분이 이미 세상을 떠났다는 사실을 알게 되었다. 이제 겨우 60대인데, 어쩌다가 그렇게 됐는지 순간 말문이 막히기도 했지만 이내 그 할머니는 살아생전 할아버지의 얘기를 하면서 반전의 놀라움을 전하기도 했다. 그러니까 자신의 남편은 평소 몸에 좋다는 것들은 안 먹어 본 게 없을 정도로 무척이나 건강에 신경을 썼다는 것이다.

'건강 앞에 장사 없다.'라는 말도 있듯이 건강은 그 누구도 장담할 수 없는 것 같다. 사실 그 할머니의 푸념 섞인 뒷얘기는 할아버지가 생전에 몸에 좋은 음식들에 너무 집착한 나머지 마음은 항상 불안했다고 한다. 누군가 좋은 음식들을 추천해 주기라도 하면 그것을 반드시 먹어야만 직성이 풀리고, 또한 각 지역을 돌아다니면서 몸에 좋다 하는 음식들은 죄다 사들이는 과도한 집착을 보인 탓에 오히려 옆에서 더 스트레스가 쌓였다고 한다. 반면 이런 경우도 있다. 운동하는 것을 너무 싫어하고, 인스턴트나 패스트푸드를 즐겨 먹는 지인이 있는데, 그분은 어떤 음식이든 입으로 들어가는 순간 너무도 행복해하며 그 맛을 천천히 음미하면서 즐긴다.

언젠가 그 지인에게 건강 검진을 하면 이상이 없는지 물었다. 그런데 늘 대답은 모든 게 정상이라는 것이다. 사실 그 지인은 너무도 긍정적인 사람이다. 자신이 좋아하는 음식을 딱히 고집하지도 않을뿐더러 그냥 있으면 먹고, 없으면 안 먹는, 남들이 먹고 싶다고 하는 것에 우선순위를 두는 그런 낙천적인 사람이다. 그러다 보니 자신의 건강을 위해서 음식에 집착하기보다는 어떤 사람들과 행복하게 음식을 즐겼는지에 그 가치를 두는 스타일이다. 그래서일까? 그 지인의 표정은 늘 여유가 있고, 건강해 보인다.

주위를 죽 둘러보면 음식에 과도하게 집착하는 사람들이 의외로 많다. 어떤 때는 옆에서 보기에 까다로울 정도로 특정 음식에 대한 거부감을 드러내기도 하고, 음식을 먹으면서 그 안에 뭐가 들어갔는지 의심을 하기도 하고, 맛을 일일이 체크하면서 불평불만을 늘어놓는 사람들도 있다. 그런데 그런 사람들과 음식을 먹다 보면 나름 맛있게 먹고 있던 음식도 순간 입맛이 떨어지기도 하고, 또 어떤 경우는 체한 듯 속이 거북해질 때도 있다. 예전에 다소 신경질적인 사람과 한정식 집에서 밥을 먹는데, 그 맛이 무슨 맛인지 전혀 느낄 수가 없었고, 결국 급체해서 며칠 동안 끙끙 앓았던 적이 있었다.

'마음이 몸을 지배한다.'라는 말이 있듯이 우리가 생각하고 마음먹은 대로 우리 몸은 움직인다. 긍정적인 마음을 가지면 우리 몸도 긍정적인 에너지가 만들어지고, 부정적인 마음을 가지면 우리 몸도 부정적인 에너지를 만들어서 결국 우리 몸에 고스란히 적용된다. 따라서 오래오래 건강하게 살고 싶다면 내 마음부터 다스릴 필요가 있다. 나는 요즘 삶의 가장 중요한 목표를 내 마음의 평온함 유지에 두고 있다. 인생을 살다 보면 굳이 내가 아니더라도 주변의 영향으로 인해 마음이 힘들어질 때가 많다. 그럴 때마다 분노가 극에 달하는데 그럴 필요가 전혀 없다는 것을 깨달았다. 왜냐하면 상대방이 내가 아닌 이상 내가 노력한다고 해서 어려운 문제가 해결될 수는 없기 때문이다.

그렇다면 내 마음의 평온함을 어떻게 유지시킬 수 있을까? 종교에 의지할 수도 있고, 운동, 독서, 취미 활동, 그 밖의 다른 방법으로 마음의 평온함을 찾고자 하는 사람들이 있을 것이다. 다만, 나 스스로 터득한 방법은 상대방에 대한 기대를 갖지 않는 것, 집착으로부터 벗어나는 것, 내 인생을 살아가는 것, 남들과 비교하지 않는 것, 회복 탄력성을 갖는 것, 나답게 사는 것, 마지막으로 하루하루 최선을 다하는 삶을 사는 것이다. 그러다 보면 몸의 건강은 자연스럽게 따라오지 않을까 싶다. 굳이 보약을 먹지 않더라도…….

풍요로움

비움에서 느껴지는

가끔 냉장고를 여는 순간 뭔가 발밑으로 "툭" 하고 떨어질 때가 있다. 그것은 반찬통이 될 수도 있고, 가벼운 야채 봉지일 수도 있다. 심지어는 냉장고 바닥에 "툭" 하고 떨어지는 순간, 안에 있던 미끄덩한 내용물이 주방 바닥을 타고 냉장고 밑바닥으로 흘러들어 가 버리는 날계란이 될 수도 있다. 그런데 더 심각한 문제는 묵직한 통조림이 내 발등을 찍을 때다. 언젠가 내 발등을 찍은 고등어 통조림 때문에 심하게 부어올라 잘 걷지도 못한 때가 있었다. 물론 그날 저녁, 퇴근하고 돌아온 남편에게 한바탕 잔소리를 들어야 했다. "그러니까 평소에 냉장고 정리 좀 잘하라고 그랬잖아."라고.

사실 집안 곳곳을 그때그때마다 정리하는 게 쉽지만은 않다. 옷장, 신발장, 책꽂이, 다용도실, 창고, 냉장고 등등 신경 쓸 데가 어디 한두 곳이겠는가! 특히 냉장고는 각종 식품을 저장하는 공간임에도 불구하고 더 이상 들어갈 곳이 부족해 그 무언가가 "툭" 하고 밖으로 떨어질 때, 비로소 큰맘 먹고 정리하는 경우가 많다. 여하튼 자주 정리를 하느냐 그러지 않느냐는 개인적인 성향 문제인 것 같고…… 중요한 건 정리를 하고 난 후의 마음이다. 버릴 것은 다 버리고, 정말 필요한 것만 남겨 놓은 냉장고 안. 그 안을 들여다보고 있노라면 정말이지 가슴이 뻥 뚫린 듯 시원하다. 그리고 그 뻥 뚫린 가슴속에는 왠지 모를 행복감이 차오르곤 한다.

아마도 그런 마음 때문에 법정스님도 무소유의 삶을 끊임없이 강조했고, 결국 그러한 삶은 《무소유》라는 거대 스테디셀러를 탄생시키게 된 것 같다. 이 책에서 법정스님은 말한다. "무소유란 아무것도 갖지 않는다는 것이 아니다. 불필요한 것을 갖지 않는다는 뜻이다. 우리가 선택한 맑은 가난은 부보다 훨씬 값지고 고귀한 것이다."라고. 언제부터인가 나도 무언가를 소유하면 할수록 마음이 편치 않음을 느끼곤 했다. 그것은 사람도 마찬가지고 물건도 마찬가지였다. 물론 어느 시기까지는 잘 몰랐다. 내가 원하는 그 무언가를 손에 쥐기라도 하면 세상을 다 얻은 것만 같이 뿌듯했었으니까. 그런데 언제부터인가 내 마음속에서 생겨나는 욕심과 집착 그리고 잡다한 물건들 때문에 마음이 힘들어지기 시작했다. 그때 비로소 법정스님의 무소유가 진정으로 가슴에 와 닿았다.

"언니, 요즘 어떻게 지내요?"

"늘 똑같지 뭐. 그냥 아이들하고 집에서 전쟁 아닌 전쟁을 치르면서 살고 있지."

"난 오늘 마음이 너무 우울해서 집에 있는 잡다한 물건들, 책이랑, 장난감 그리고 이것저것 창고에 쌓아둔 못 쓰는 물건들을 죄다 싹 갖다 버렸어요. 그랬더니 속이 다 후련하더라고요."

"잘했네. 무엇이든지 단순한 게 가장 좋은 것 같아. 마음도 여유로워지고……."

"맞아요. 근데 그때그때마다 정리하는 게 쉽지만은 않은 것 같아요."

"솔직히 나도 그래. 벼르고 벼르다가 결국 날 잡아서 하게 되더라고."

"여하튼 버릴 것은 과감하게 버리면서 살아야겠어요. 왠지 아깝다는 생각에 그냥 놔두면 계속해서 쌓여 가는 물건들 때문에 마음만 오히려 심난해지더라고요."

"그건 그래."

특히 무소유와 비움의 필요성을 깨닫고, 이를 적극 실천함으로

써 삶의 커다란 변화를 느끼고 있는 사람이 있다. 바로 내 주변의 지인인데, 사실 그분은 대학에서 미술 분야를 전공하고 한동안 화려한 생활을 했었다. 학교에서 모르는 사람이 없을 정도로 꽤 유명했다고 한다. 그 유명함의 이유는 예술을 하는 사람답게 일반적이지 않았던 패션 스타일, 진한 메이크업, 그 옛날, 미스 ○○ 예선에 뽑혔던 출중한 외모 등을 들 수 있다. 물론 그분 부모님의 반대로 미스 ○○ 본선은 시도조차 못했다고 한다. 그리고 돈 씀씀이 또한 워낙 커서 내가 보기에도 마치 딴 세상에 있는 사람처럼 거리감이 느껴졌다.

여하튼 내 눈에 비쳤던 화려했던 그분은 수십 년이 지난 후 언제부터인가 서서히 변해가기 시작했다. 예전엔 명품도 꽤 좋아했었는데, 명품 얘기는 전혀 꺼내지도 않을뿐더러 그토록 진하게 얼굴을 치장했던 색조 화장은 아예 자취를 감춰버렸다. 뿐만 아니라 지금은 거의 백발에 가까울 정도로 검은 머리카락은 찾아보기 힘들다. 그런데도 염색을 안 한다니 자칫 할머니로 보일까 우려스럽기도 하다. 여기까지는 한낱 겉모습의 변화일 뿐이다. 중요한 건 마음의 변화가 생겼다는 것이다. 사실 그분은 꽤 오랜 시간 동안 화려함의 이면에 우울함을 품고 살아왔다. 그러니까 어떻게 보면 우울한 자신의 마음을 화려한 겉치레로 감추면서 그렇게 이중적으로 살아왔던 것이다.

그분의 삶을 돌이켜 보면 참 우여곡절도 많았다. 비록 딸린 자식은 없었지만 한 번의 결혼 실패와 그 이후로 계속해서 이어지는 방황 그리고 지금에 이르기까지 너무도 먼 길을 돌아왔다는 생각이 든다. 어찌 됐건 지금은 마음의 평안을 찾고 잘 살아가고 있기 때문에 감사할 일이다. 요즘은 코로나 시국 때문에 자주 만나지는 못하지만 가끔씩 전화 통화를 하면 예전처럼 불안하고 초조한 기색이 전혀 없다. 그분은 늘 마음 공부를 통해서 비움과 무소유의 삶을 실천하면서 살아가고 있다.

사실 그분이 예전에는 소유와 집착으로 스스로를 옭아맸던 부분이 상당히 컸다. 때론 명품에 집착하는가 하면 또 그 집착이 다수의 강아지, 고양이 등의 애완동물로, 하루 종일 영화감상과 책 읽기로 옮겨 다니면서 그분의 마음을 구속하고, 점점 피폐하게 만들어갔다. 심지어는 먹는 것에 집착한 나머지 살이 엄청나게 찐 적도 있었다. 그 당시엔 그 누가 조언을 해줘도 한 귀로 듣고 한 귀로 흘리는 식이었다. 그러다가 어느 순간 한계점에 다다랐는지 결국 그분 스스로 새로운 길을 찾게 된 것이다. 그리고 지금은 그야말로 소박한 삶을 살아가고 있다. 요즘 그분을 보면 마음이 참 풍요로워 보여서 내 기분도 덩달아 좋아진다.

한편, 나는 불과 2~3년 전까지만 해도 큰아이의 사춘기를 아주 호되게 겪었다. 그리고 지금은 둘째 사내 녀석의 사춘기를 겪어내고 있는 중이다. 큰아이의 사춘기 때는 전혀 예측할 수 없었던, 그래서 너무도 괴로웠던 탓에 나 스스로를 변화시켜 나가야만 했다. 아무것도 통하지 않는 벽과 같은 사춘기 아이하고는 대화 자체가 불가능했기 때문이다. 그래서 나는 사춘기로 인한 부정적인 감정을 비워내기 위해서 합창을 하기 시작했고, 글쓰기, 독서, 영어 공부 등의 자기 계발에 몰두하기도 했다. 그러면서 아이를 향한 집착이 점차 수그러들기 시작했고, 이후 마음의 평안함을 찾았다. 그리고 그 흐름은 감사하게도 지금 둘째 녀석한테 그대로 적용되고 있다.

다음은 법정 스님의 《무소유》 본문 중의 내용이다.

"우리는 필요에 의해서 물건을 갖지만 때로는 그 물건 때문에 마음이 쓰이게 된다. 따라서 무엇인가를 갖는다는 것은 다른 한편 무엇인가에 얽매이는 것. 그러므로 많이 갖고 있다는 것은 그만큼 많이 얽혀 있다는 뜻이다."

극심한 우울증

과한 웃음으로 포장한

 기쁘면 웃고, 슬프면 울고, 화가 나면 분노하고, 좋으면 미소 짓고, 싫으면 찡그리는 행위들. 이러한 행위들은 인간의 가장 기본적인 감정 표출이다. 하지만 누구나 다 이러한 마음 상태에 따른 행위가 일치하지는 않는다. 예를 들어 너무 기쁜데 우는 경우가 있다. 보통 시상식 때 트로피를 들고 수상 소감을 얘기할 때가 그렇다. 또한 슬픈데 웃는 경우는 너무 슬퍼서 헛웃음이 나올 때, 좋은데 찡그리는 경우는 상대방에게 장난을 칠 때, 싫은데 미소 짓는 경우는 상대방에게 정중히 거절할 때 등이다.

 특히 감정의 기복이 거의 없는 사람들을 보면 좋아도 그다지 좋은 것 같지 않고, 싫어도 그다지 싫은 것 같지 않아 상대방으로부터 오해를 불러일으키는 경우가 종종 있다. 또한 마음은 우울한데 겉으로 드러나는 모습은 그다지 우울해 보이지 않는 경우도 있다. 그런데 정말 놀랄 만한 사실은 마음은 죽고 싶을 정도로 고통스러운데, 겉으로 드러나는 모습은 정말 행복해 보이는 사람들이 있다는 것이다. 간혹 그런 사람들을 만나는데, 워낙 자신의 감정을 솔직하게 드러내기를 꺼리기 때문에 나로서는 어떻게 대해야 할지 난감할 때가 많다.

예전 고등학교 때, 친한 친구는 아니었지만 그래도 늘 주변에서 함께했던 친구 한 명이 있었다. 그 친구는 여학생들 중에서 키가 가장 컸던 아이로서 항상 교실 맨 뒤에 앉아 "하하하하" 큰소리로 웃으며 반 분위기를 즐겁게 이끌어 나갔다. 그 친구는 워낙 키도 크고, 체격도 있다 보니 어떤 때는 친구들을 보호해 주는 보디가드처럼 느껴졌다. 그래서였을까? 같은 반 친구들이 그 무언가로 힘들어할 때는 늘 그 친구가 먼저 다가가 위로해 주었다. 하지만 정작 그 친구가 책상에 엎드려 있거나 점심시간에 홀연히 사라질 경우, 심지어는 며칠 동안 결석을 할 때도 누구 한 사람 관심을 기울이지 않았다.

"어! ○○이가 우는 것 같은데?"
"그러게. 잠깐 나갔다 오더니 무슨 일이 있었나 봐."

"좀 전에 복도에서 ㅇㅇ이랑 심각한 얘기를 나누는 것 같던데……."

"무슨 얘기?"

"그거야 나도 모르지."

"그럼, 우리 반의 분위기 메이커인 내가 가서 달래 줘야지."

"역시 ㅇㅇ이는 우리 반 보디가드라니까. 파이팅!!"

"ㅇㅇ아, 무슨 일 있었어?"

"……."

"말 좀 해봐. 도대체 무슨 일인데."

"……."

"너 그럼 내가 지금부터 배꼽 빠지게 웃겨줄 거야. 자! 디~리리리리리! 안녕하데요, ㅇㅇ 띠. 도대테 누가 우디 아듬다운 ㅇㅇ이를 이렇케 화나게 만드런냐. 당장 나와다. 혼내두고 말 테다."

"제발 그만해. 웃겨 죽겠어."

"와우! ㅇㅇ이가 웃었다."

우리 반 아이들 중 누군가가 운다거나 기분이 좋지 않으면 그 친구는 마치 보디가드처럼 나타나 결국 웃지 않고서는 못 배기게끔 분위기를 180도 확 바꿔 놓곤 했다. 매번 좀 과하다 싶을 정도로 크게 웃으면서 때론 바보처럼, 때론 엄마처럼, 때론 인자한 아저씨처럼 아이들에게 늘 편안함과 즐거운 웃음을 선사해 주었다. 그러던 어느 날, 그 친구에게 무슨 일이 있었는지 며칠 동안 학교에 나오지 않았다. 그런데 그 친구가 아이들에게 써준 관심만큼 그 친구를 향한 관심은 의외로 부족했다. 그 친구가 없는 빈자리! 그저 아무 일도 없었다는 듯 돌아가는 일상이 그 자리를 더욱더 외롭고 쓸쓸하게 만들었다.

여하튼 내가 바라본 그 친구는 무척 키가 크고, 덩치도 꽤 있었던 그런 친구였다. 곱슬머리에 얼굴엔 여드름이 쫙 피었고, 도톰하면서도 약간 까진 입술의 그 친구는 코맹맹이 소리를 내며 늘 "하하하하" 하고 큰소리로 웃곤 했다. 여기에서 코맹맹이는 일부러 내는 소리가 아닌 그 당시 축농증 증세 때문이었다. 그런데 그 기억 속, 유쾌했던 그 친구의 소식이 고등학교를 졸업하고 몇 년이 흐른 뒤 나에게로 전해졌다. 이제는 이 세상에 없다고. 도대체 왜? 난 믿을 수 없었다. 좀 과하게 웃는 경향은 있었지만 그 웃음이 결국 거짓 웃음이었다니……

그때 생각했다. 사람들은 자신의 감정을 솔직하게 표현하는 사람들도 있지만 반대로 자신의 감정을 들키기 싫어서 역으로 표현하는 사람들도 있다는 사실을. 참 쓸쓸했다. 그 친구는 왜 자신의 감정을 숨긴 채 상대방에게는 늘 즐거운 모습만 보여 줬을까? 그리고 정작 자신이 괴로울 땐 그 누구에게도 하소연을 하지 못한 채 왜 홀로 감당해야만 했을까? 게다가 같은 반 아이들 역시 그 친구가 늘 유쾌한 아이로 인식이 되어 있었기 때문에 정작 그 친구의 숨은 괴로움에는 관심조차 없었던 것이다. 나도 물론 그랬으니까.

솔직히 내가 보기에 행복한 사람들은 그 속마음이야 어찌 됐든 간에 늘 행복하게만 보인다. 따라서 그런 사람들의 고민이나 갈등에 대해서는 전혀 생각하지 않게 된다. 그들의 삶에도 분명 즐거움과 행복만 있는 것은 아닐 텐데 말이다. 여하튼 그 친구의 자살 소식을 접한 뒤 이어지는 뒷얘기로는 극심한 우울증으로 인해 집에서 무척이나 괴로워했다는 것이다. 그러니까 한마디로 자신의 극심한 우울증을 과한 웃음으로 포장했다고 할까? 사실 그 친구와 비슷한 사람들이 내 주변에도 종종 있다. 한 예로 매번 그 사람을 볼 때마다 환하게 웃고 있어서 나름 행복한 줄 알았는데, 알고 보니 위험할 정도의 깊은 우울감이 있다고 한다.

그렇다면, 자신의 힘든 부분을 내색할 경우, 뭐가 어떻게 되기라도 하는 것일까? 자존심이 상해서? 좋은 모습만 보여 주고 싶어서? 결점이 드러나는 것 같아서? 손해 보는 것 같아서? 나를 떠날 것 같아서? 그런데 문제는 밖에서 자신의 내면을 숨기는 사람은 분명히 안에서 그 참았던 분노를 터트린다는 사실이다. 예전에 누군가에게 들었던 얘기인데……. 어느 40대 중년 남자가 사회생활을 통해서는 "정말 사람 좋다."라는 평판을 많이 듣는다고 한다. 그런데 집에만 들어오면 폭군으로 돌변한다는 것이다.

물론 겉으로 드러나는 모습이 행복해 보이면 주위 사람들도 덩달아 기분이 좋아진다. 하지만 그런 모습이 진정 마음에서 우러난 것인지 아니면 가식인지 스스로를 잘 들여다봐야 하지 않을까 싶다. 아무리 사회에서 좋은 모습을 보이더라도 정작 가정에서 180도 다른 모습을 보인다면 정말 소중한 가족에게는 영원히 씻지 못할 마음의 상처를 안겨주게 되는 것이 아닌가. 따라서 자신의 마음을 먼저 찬찬히 들여다봐야 한다. 그런 다음 자신의 마음 상태를 솔직하게 표현함으로써 상대방이 함께 공감할 수 있는 여지를 만들어 주는 것이 필요하다. 정말 외롭고 힘들 때, 자신의 얘기를 들어주는 단 한 사람이라도 있었더라면 그 친구는 그렇게 멀고도 외로운 길을 떠나지 않았으리라 감히 짐작해 본다.

한순간에 배신으로
나를 향한 위로가

　눈보라가 매섭게 휘몰아치고, 주변의 모든 것들이 꽁꽁 얼어붙은 시베리아 벌판은 우리 집안에도 존재했다. 전혀 예상치 못했던 큰아이의 사춘기로 인해 그동안 나름 열심히 가꾸어 온 초원이 황량한 시베리아 벌판으로 점점 변해 가고 있었다. 내일은 내일의 태양이 뜬다는 희망보다는 여전히 내일도 시베리아를 녹여 줄 태양은 뜨지 않을 거라는 절망 속에서 하루하루를 버티며 살았다. 분명 다시 돌아올 거라는 기대는 품고 살았지만 막상 아이의 사춘기와 맞닥뜨리면 그 끓어오르는 분노는 나 스스로도 감당이 안 될 정도였다.

　"오늘 7시에 영어학원에 가야 하니까 6시쯤 깨워주세요."

"그래, 알았다."

▼

"○○아, 일어나. 6시다."

"……."

"○○아, 6시야. 빨리 일어나야지."

"……."

"너, 안 일어날 거야? 도대체 몇 번을 깨워야 돼. 빨리 일어나라고."

"……."

"너 엄마 말이 말 같지 않아? 학원 가기 싫으면 싫다고 얘기를 하든지. 매번 그런 식으로 하려면 학원 때려치워."

"으악! 정말 짜증 나."

"후유! 정말 힘들다 힘들어."

아이가 사춘기도 사춘기지만 아직 어리다 보니 선택에 대한 책임을 지지 못하는 경우가 많다. 그런 아이를 옆에서 지켜보는 부모는 한마디로 속이 타들어간다. 학원 문제에 있어서도 아이가 차라리 안 다니겠다고 하면 서로 간의 충돌이 발생하지 않을 것이다. 물론 공부에 대한 불안감은 있겠지만 말이다. 하지만 매번 학원은 갈 거라고 얘기하면서 막상 갈 때는 귀찮아하는 모습이 역력했다. 그러다 보니 학원을 보낼 때마다 일하기 싫은 소를 억지로 잡아끄는 진땀

빼는 상황이 발생하곤 했다. 그것도 매일같이.

　그러던 어느 날, 학원 문제, 밥 투정, 짜증, 무시, 잠, 대화 거부 등의 사춘기 증세가 한꺼번에 몰려와 그나마 간신히 부여잡고 있었던 내 자존감을 저 밑바닥으로 내동댕이쳤다. 그 순간 난 끝이 보이지 않는 어두운 터널 속에서 어디로 가야 할지 길을 잃고 말았다. 모든 의욕이 상실되는, 그야말로 절망의 늪으로 점점 더 빠져들어갔다. 멍했다. 내 온몸의 기가 싹 빠져나가는 듯 붕 뜬 기분에서 갑자기 주체할 수 없이 눈물이 쏟아졌다. 이건 아닌데……. 도대체 내가 뭘 잘못했기에 이런 고통을 겪어야 하는지 도저히 납득할 수가 없었다. 그냥 하염없이 눈물만 쏟아졌다. 오직 강아지만 나의 이 슬픔을 아는지 옆에서 위로해 주고 있었다.

　그렇게 얼마나 울었을까? 둘째 녀석이 문틈으로 살며시 분위기를 살피는가 싶더니 이내 들어와서는 강아지를 밀치고 내 옆에 앉는다. 그리고는 내 어깨를 다독이며 "엄마, 힘내."라고 한다. 그게 다였다. 그런데 참 신기했다. 설령 말로만 그랬을지라도 나에게는 다시 힘을 얻을 수 있는 커다란 위로가 되어 주었으니까 말이다. 그때 생각했다. 자식을 둘 키우는 엄마 입장에서 사춘기가 동시에 온다면 얼마나 힘들 것인지를. 여하튼 둘째 녀석도 딱히 말을 잘 듣는 자식은 아니었지만 그래도 그 순간만큼은 쌓인 감정을 다 쏟아내면서 하소연을 하고 싶었다. 그리고 실제로 큰아이에 대한 섭섭함을 둘째 녀석에게 낱낱이 토로했다.

둘째 녀석은 내가 하는 얘기를 다 들어주면서 공감을 해주었다. 이제 겨우 초등학생이었는데도 불구하고 그때만큼은 왠지 성인이 된 것처럼 어른스러워 보였다. 그래서였을까? 하소연도 적당히 해야 하는데 누군가가 나의 억울함을 들어준다는 생각에 그동안 쌓인 이런저런 얘기들을 다 끄집어내면서 넋두리를 하고 말았다. 물론 내 얘기를 끝까지 들어준 것은 아니었다. 내 얘기가 길어질까 싶었는지 중간에 급한 일이 있다며 자신의 방으로 가버렸다. 그래도 내가 정말 외롭고 힘들었을 때, 잠깐이나마 내 옆에 앉아 얘기를 들어준 것만 해도 참 고마운 일이었다.

그런데 우려했던 일이 곧 나에게도 닥치고 말았다. 둘째 녀석도 머지않아 사춘기가 곧 들이닥칠 거라는 예상은 했었지만 시기적으로 너무 빨리 오게 된 것이다. 큰아이의 사춘기라도 좀 수그러들면 나았을 것을 두 사춘기가 겹칠 것 같다는 공포감이 밀려오면서 난 거의 멘붕 상태에 빠지고 말았다. 바로 엊그제 내 옆에서 "엄마, 힘내." 라고 하던 아이가 갑자기 눈이 홱 돌아가면서 말투가 거칠어지기 시작했다. 방문이라도 열려고 하면 도끼눈을 뜨고선 "나가세요."라고 하는 것이었다.

참 웃긴 건, 둘째 녀석의 사춘기가 극에 달했을 때는 큰아이의 사춘기가 수그러드는 상황이었다. 따라서 큰아이하고는 관계가 좋아져서인지 그다지 부닥칠 일이 없었다. 그런데 문제는 사춘기가 극에 달한 둘째 녀석과 부닥칠 때였다. 예전 큰아이의 사춘기로 힘들어할 때 옆에서 위로해 주던 자신을 드러내면서 수시로 누나와 자신을 비교하곤 했다. 그러니까 내가 큰아이의 사춘기로 힘들어할 때는 자신이 옆에서 다 들어주면서 위로해 줬는데, 그렇게 하지도 않는 누나에게 왜 굳이 잘해 주냐는 것이었다.

도대체 어디에서부터 어떻게 설명을 해야 할지 난감하기만 했다. 전혀 통하지 않는 마치 벽과 같은 사춘기 앞에서 어떤 논리가 통할 것이며 설득을 해본들 일이 더욱 복잡하게 꼬일 뿐이었다. 그때는 일단 시간을 두고, 이후 아이가 원하는 것을 들어주면서 살살 기분을 맞춰주는 수밖에 딱히 뾰족한 방법이 없었다. 지금도 참 아이러니한 게 둘째 녀석으로부터 위로를 받을 때와 그 위로가 곧바로 배신으로 바뀔 때는 결코 긴 시간이 걸리지 않았다는 사실이다. 그야말로 한순간의 반전이었다고 할까?

사춘기! 지금은 큰아이의 사춘기가 완전히 수그러들었다. 물론 둘째 녀석도 최고조에서 다소 수그러드는 시점인 것 같다. 하지만 난 아직도 이해할 수 없는 부분이 너무도 많다. 순간 급격하게 변하는 감정들과 그 당시 자신이 어땠는지를 전혀 모른다는 사실이 때론 나 혼자만 바보된 느낌이 들기도 한다. 난 죽을 만큼 힘들었는데, 사춘기를 겪고 난 아이들은 자신이 언제 그랬냐는 듯 전혀 딴 아이가 되어 있는 걸 보면 더욱더 그렇다. 아마도 아이의 사춘기를 아주 혹독하게 겪었던 엄마들은 내가 지금껏 얘기한 게 무슨 말인지 충분히 공감이 될 것이다. 나를 향한 위로가 한순간에 배신으로 변할 수도 있다는 도깨비장난 같은 사춘기의 반전을⋯⋯.

주린 영혼
배부른 기레기의

　참 암담했었다. 개인 부도도 아닌 나라가 통째로 부도를 맞이할 뻔했던 IMF 사태. 1997년 12월, 겨울의 시작과 함께 우리 사회도 꽁꽁 얼어붙기 시작했다. 그동안 멀쩡해 보였던 기업들이 줄줄이 도산하는가 하면, 그나마 살아남은 기업들조차도 경영 위기를 맞이하면서 대량 해고를 강행할 수밖에 없었다. 따라서 일하고 싶어도 일자리를 구하지 못하는 실직자들이 우리 사회 곳곳에 넘쳐나는 그런 최악의 상황이 바로 눈앞에서 펼쳐지고 있었다. 특히 경기를 가장 많이 타는 출판업계는 그야말로 쑥대밭이나 다름없었다. 내로라하는 대형 출판사들을 제외하고는 대부분 문을 닫는 곳들이 많았다.

그 당시 난 사회에 거의 첫발을 내딛는 시기였다. 첫발이니만큼 좋은 자리, 안전한 자리로 내딛고 싶었다. 그런데 꽁꽁 얼어붙은 사회는 그런 나를 따뜻하게 받아줄 여유가 없었다. 난 글을 쓰고 싶었다. 기자 생활을 통해서 세상 돌아가는 일을 글로 널리 전하고 싶었다. 그래서 여러 신문사와 잡지사에 문을 두드렸고, 이후 기약 없는 기다림으로 하루하루를 버텨내야만 했다. 늘 그렇듯 초조한 기다림 뒤에는 언제나 실망스러운 결과만 있을 뿐이었다. 아마도 지금 이 코로나 시국에 취업을 앞두고 있는 젊은이들의 심정이 아니었을까 싶다. 자신은 사회로 나갈 준비가 다 되어 있지만 정작 사회는 그런 사람들을 담아낼 수 있는 커다란 그릇이 되어 줄 수 없다는 막막함이라고 할까!

　그렇게 IMF는 일하고 싶은 사람들, 나아가 생계 유지를 위해서 꼭 일을 해야 하는 사람들에게조차도 절망의 시기였다. 나 역시 그 절망의 늪에서 한동안 허우적거렸고, 몸과 마음이 거의 지쳐갈 때쯤 모 신문사로부터 연락이 왔다. 그 신문사는 격주간 신문사로서 이제 막 신설된 소규모의 회사였다. 어찌 됐건 그 당시로서는 이것저것 가릴 때가 아니었기에 아쉬운 대로 그냥 일을 할 수밖에 없었다. 그리고 무엇보다도 다양한 경험이 글을 쓰는 데 도움이 될 것 같아서 더 이상 지체하지 않고, 처음 인연이 닿은 곳으로 마음을 정한 부분도 있었다.

첫 출근 날, 신문사에는 꽤 많은 기자들이 나와 있었다. 다들 첫 출근이었고, 대부분 남자 기자들이었다. 이제 막 시작하는 신문사라서 그런지 분위기는 몹시 어수선했고, 또한 서로 초면이다 보니 어색함은 하늘을 찌를 듯했다. 그렇게 어느 정도의 시간이 흐르고……. 다소 편안해지는 분위기 속에서 서로 간의 대화가 오고 갔다. 이런저런 얘기를 나누다 보니 다들 나름대로의 사연이 있었다. 그중 한 기자는 잘나가던 잡지사가 IMF로 인해 문을 닫는 바람에 덩달아 일을 그만두게 되었고, 또 한 기자는 글이 너무 쓰고 싶어서 멀쩡한 회사를 그만두고 신문사에 문을 두드리게 된 경우였다. 그 밖에도 전혀 예상치 못했던 잡지사, 신문사의 부도로 한순간에 일자리를 잃어버린 몇몇 기자들도 있었다.

다들 나름대로의 사연을 품은 채 마지막 지푸라기라도 잡아보려고 모 신문사로 모여든 기자들은 살아남기 위해 발버둥을 쳐야만 했다. 신문사가 추구하는 콘셉트에 맞게 정보를 구하고, 대상을 선정하고, 취재를 하고, 글을 쓰고, 편집을 하면서 하루하루 눈코 뜰 새 없이 바쁘게 뛰어다녔다. 사실 그 당시만 해도 시기적으로 무척 힘들었던 탓에 막 창간된 신문사의 체계는 그야말로 엉망이었다. 간혹 사진 기자가 부족하면 취재 기자가 사진 기자가 되기도 하고, 취재 기자가 취재, 사진의 역할을 동시에 맡는 경우도 생겼다. 여하튼 그때 한 솥밥을 먹게 된 기자들은 모 신문사의 창립 멤버들로서 그나마 질 좋은 신문을 만들어 내고자 최선을 다하는 모습이 역력했다.

그러던 어느 날, 창간된 지 세 달이 되어 갈 무렵이었다. 아는 만큼 보인다고 신문에서 서서히 냄새가 나기 시작했다. 물론 처음 시작 단계에서도 꺼림칙한 부분이 없진 않았지만 아예 대놓고 하는 부분에 있어서는 도저히 용납이 되지 않았다. 기자라는 건 사실 그대로를 글로 써서 세상에 알리는 사람을 말한다. 따라서 직접 발로 뛰어다니면서 생생한 정보를 전해줘야 하는데, 왠지 대표와 편집부장의 지시대로 움직이는 듯한 불쾌함이 느껴지기 시작했다. 예를 들면 신문에 실리는 광고와 해당 업체의 기사가 함께 나가는 식이었다. 처음엔 '그럴 수도 있겠지.' 하고 생각했지만 시간이 흐를수록 뻔히 드러나는 속셈에 기자들도 한계가 느껴지는 듯했다. 그러니까 한마디로 "우리 신문에 광고 의뢰하면 기사 써 줄게." 하는 어처구니없는 상생전략이었던 것이다.

게다가 기사 작성에 있어서도 마감 때면 항상 문제가 발생했다. 기자들의 문제가 아니었다. 다름 아닌 편집부장의 글쓰기 능력이었다. 언젠가 한 번 편집부장이 쓴 글을 읽다가 도무지 이해할 수가 없어서 빨간 볼펜으로 말이 되게끔 교정을 하고 있었다. 문장 자체도 어색한 부분이 너무 많았고, 각 단락의 연결도 너무 부자연스러운 나머지 나중엔 화가 치밀어 오르기까지 했다. 그냥 단순히 교정 수준을 넘어 아예 처음부터 다시 써야 하는 상황이었다. 그날이 최종 마감 날이었는데……. 여하튼 빨간 볼펜으로 교정해 놓은 원고를 바라보고 있노라니 거의 딸기밭 수준이었다.

그래서였을까? 편집부장이 수시로 내 옆에 와서는 누가 들을세라 조용한 목소리로 "그만 좀 고쳐."라고 하면서 팔꿈치로 내 팔을 콕콕 찔러댔다. 처음엔 그냥 조용히 지나가려고 했다. 그런데 자존심이 무척 상했는지 계속해서 나에게 협박 아닌 협박을 하는 게 아닌가! 그래도 난 기자로서 적어도 기사 글에 대한 책임감은 가지려고 했는데 그것마저 허락하질 않았다. 그 순간 난 큰소리로 얘기했다. "독자들이 이 기사를 보고 무슨 말인지 이해는 할 수 있어야 하지 않을까요?"라고. 주변에 있던 몇몇 기자들도 크게 공감하는 부분이 있었는지 나에게 오케이 사인을 보내오곤 했다.

가뜩이나 냄새나는 신문에 글까지 엉망인 신문! IMF 사태로 인해 수많은 업체들이 무너져 가고 있었지만 그 이면에는 또 이와 같은 언론 매체들이 우후죽순 격으로 생겨나고 있었다. 따라서 기자들은 자신이 처한 현실에 한숨만 내쉬며 어떻게 해야 할지 몹시 난감해

했다. 그렇다고 딱히 뾰족한 방법도 없었다. 그 당시 사회는 수많은 실직자들로 인한 취업난으로 몸살을 앓고 있었으니까. 그러던 어느 날, 기자들끼리 한자리에 모일 기회가 있었다. 그때 나이가 가장 많고, 또 어린 자녀까지 둔 어느 기자가 이렇게 말했다.

"저는 한 가정의 가장으로서 돈도 물론 중요하지만 기자로서 일에 대한 자부심 또한 무시할 수 없습니다. 이 신문사에 계속 남아 있다 보면 아마도 저 스스로에 대한 자괴감 때문에 무척이나 괴로워하지 않을까 싶네요. 우리 주변에서 일어나는 일들을 직접 발로 뛰어다니며 생생하게 전해야 할 기자가 권력의 하수인 역할만 하고 있다면 그건 기자가 아닙니다. 그래서 전 이쯤 해서 그만두려고 합니다."

다들 같은 생각을 하고 있었는지 연신 고개를 끄덕이며 동참을 하기 시작했다. 그리고 다 함께 약속했다. 사직서를 제출하고 다음 날부터 나오지 않기로. 나 역시 다음 날 나가지 않았다. 물론 그날 아침, 편집부장으로부터 다급하게 전화가 걸려왔다. 도대체 어떻게 된 거냐고. 그래서 얘기했다. "제가 일할 곳이 아닌 것 같아요."라고. 가끔 그 당시 기자들이 생각나곤 한다. 요즘 흔히 말하는 '기레기', '기더기'의 삶이 싫어서 뛰쳐나온 기자들이기에 적어도 이후의 삶은 스스로에게 부끄럽지 않은 당당하고도 떳떳한 모습으로 살고 있지 않을까!

암이 부른 건강

　그냥 담담했다. 환자용 침대에 누워 수술실로 향하던 그 당시 나의 심정은. 대부분 수술 경험이 있는 사람들의 얘기를 들어 보면 수술실 문이 열리는 순간 만감이 교차한다고들 한다. 하지만 난 그렇지 않았다. 그냥 마음이 편안했다. TV에서나 보았던 수술실 내부가 내 눈앞에 펼쳐져 있었다. 내가 누워 있는 수술대 위에는 마치 주인공을 향한 스포트라이트가 쏟아지듯 온갖 조명이 비쳐지고 있었고, 담당 주치의를 비롯한 병원 관계자들이 분주히 움직이는 게 온몸으로 느껴졌다. 그리고 난 깊은 심호흡과 함께 '나'라는 존재와 잠시 이별을 경험했다. 그 무엇도 느낄 수가 없었다. 그렇게 얼마의 시간이 흘렀을까? 서서히 나를 찾아가면서 주변의 소음이 하나둘씩 들리기 시작했다. 긴 마취에서 깨어나는 순간이었다. 지금도 생각난다. 그때 간호사들의 다급했던 목소리, "어머! 어떡해. 저분은 마취에서 안 깨어나. 누가 마취과 선생님 좀 빨리 불러 줘."라는. 그 이후로 어떻게 됐을까? 그 당시 마취에서 깨어나지 않았던 그분은…….

수술을 한 지도 벌써 10년이 넘어섰다. 갑상선암이었다. 그 당시 첫째 딸아이와 둘째 녀석은 엄마 손이 많이 가는 6살, 4살이었다. 그렇게 난 눈에 밟히는 아이들을 친정에 맡겨둔 채 갑상선암 수술을 받으러 간 것이다. 수술 전 입원부터 퇴원까지는 약 1주일가량 걸렸을까? 몸도 몸이지만 한동안 목소리가 전혀 나오질 않아 얼마나 답답했는지…….아직도 목에는 그 당시 수술 자국이 그대로 남아 있다. 보통 갑상선암 수술을 받은 사람들은 스카프나 목걸이로 살짝 가리기도 하는데, 난 목에 뭘 두르는 게 번거로워서 늘 그냥 다니곤 했다. 여하튼 나에게 찾아온, 그리 반갑지 않은 갑상선암을 처음 발견하게 된 것은 우연한 기회였다.

아이들 육아로 지치고, 가까이에 있는 시댁 눈치 보느라 무척 힘이 들었던 때가 있었다. 그 무엇 하나 자유롭지 못했던 난 숨이 막혀 당장이라도 죽을 것만 같았다. 그러던 어느 날, 드디어 몸에 이상 신호가 감지됐다. 콧물이 난다든지, 목이 아프다든지, 계속해서 재채기를 한다든지, 으슬으슬 춥다든지 하는 감기 증상이라곤 전혀 없었는데, 열이 38도까지 올라간 것이다. 처음엔 그냥 대수롭지 않게 생각하고 참았다. 그런데 하루, 이틀……. 1주일이 지나도 열이 떨어지지 않는 것이다. 그때 사람의 정상 체온인 36.5도가 얼마나 중요한지 새삼 깨달을 수 있었다. 38도로 1주일을 버티는 동안 거의 지옥을 오갔으니까 말이다. 한마디로 몸과 마음이 다 썩어 들어가는 느낌이라고 할까? 그 정도로 몸 상태가 최악이었다.

결국 병원에 갔다. 엑스레이를 찍어 보니 폐 한쪽이 아예 하얗게 변해 있었다. 그러니까 폐렴 직전까지 간 것이다. 그런데 문제는 그게 아니었다. 폐의 염증은 3일 정도 치료를 받으면서 점차 호전이 됐지만 초음파 검사를 통해 목 부분에서 혹이 발견된 것이다. 담당 의사는 혹 모양이 이상하다며 대병원에 가서 조직 검사를 받아보라고 권유했다. 왠지 느낌이 좋지 않았다. 언젠가 극도의 스트레스를 받는 순간, 목 부분에서 이상한 증세가 느껴졌기 때문이다. 목 전체가 마비되는 느낌이라고 할까? 여하튼 꺼림칙한 마음으로 대병원에 가서 조직 검사를 받았다. 지금도 생각난다. 마취 없이 긴 바늘을 목의 갑상선 부분에 찔러 넣어 조직을 떼어내는 과정에서 순간 쇼크를 먹어 얼굴이 하얗게 변하기도 했다. 그렇게 조직 검사 결과는 예측한 대로 갑상선암이었다.

지금도 1년에 한 번씩 정기 검진을 받으러 다닌다. 물론 10년 넘게 피검사와 초음파 검사를 꾸준히 받아왔지만 아무런 이상 없이 건강하게 잘살고 있다. 사실 수술을 받은 이후로 한동안은 이것저것 신경 쓰느라 굉장히 피곤했다. 가려야 할 음식은 물론 반드시 섭취해야 할 음식도 많았고, 면역력 보강을 위해 운동은 필수에다가 이래저래 조심하라는 경고는 왜 이렇게 많은지…… 솔직히 내 성격은 모범적인 성격이 못 된다. 그러니까 갑상선암에 좋다고 해서 무조건 따르는 스타일도 아니고, 반대로 갑상선암에 나쁘다고 해서 무조건 멀리하는 스타일도 아니다. 그냥 내가 좋으면 선택하는 것이고, 아니면 말면 되는 것이다. 다만, 선택한 것에 대한 책임은 반드시 진다. 만약 내 멋대로 했다가 암이 재발될 경우, 그건 당연히 내 책임인 것이다.

그런데 감사하게도, 수술 이후로 지금까지 심하게 감기 한 번 걸려본 적이 없다. 물론 약 먹고 조금 있다가 뚝 떨어지는 감질나는 감기 증상은 몇 번 있었다. 그래도 지독스러운 감기로 인해 만사가 다 귀찮아지는 그런 고통스러운 경험은 하지 않았다. 가끔씩 주변 지인들이 이렇게 묻곤 한다. "아니, 왜 그렇게 건강해요? 아픈 걸 본 적이 없어요."라고. 심지어는 가족들조차도 나를 이상하게 바라볼 때가 있다. 남편을 제외한 아이들은 두통이니 감기니 하면서 계속 골골거리는데, 정작 엄마는 갑상선암에 걸렸는 데도 불구하고 건강하게 잘살고 있으니 그야말로 부러움의 대상일 수밖에 없다. 그렇다고 따로 보약이나 건강 보조 식품을 먹는 것도 아니다. 매일 규칙적으로 먹어야 하는 것이 싫어서 아예 시도조차 하지 않는다. 그래서인지 가끔 남편이 홍삼을 구입해 와 억지로 먹으라고 한 적도 있다. 오죽했으면 그럴까 싶기도 한데…….

　사실 암 선고 전에는 내 주변 환경이 그리 편하지 않았다. 그런 환경 속에서 나 스스로도 적응하기를 거부했고, 분명하게 선을 긋는 것 또한 용기가 나지 않았다. 그러니까 내 마음은 그게 아닌데, 그런 내 마음을 속여 가면서 가식적으로 행동할 수밖에 없었던 것이다. 그러다 보니 서서히 마음의 병이 싹트기 시작했고, 그 마음의 병은 결국 몸을 뚫고 암이라는 부정 덩어리를 만들어 낸 게 아닌가 싶다. 어떻게 보면 이제부터라도 삶을 보다 솔직하고, 나답게 살라는 경고였던 것 같다. 이후로 난 달라지고 싶었다. 아니, 무조건 달라져야만 했다. 그렇지 않으면 내 삶의 주인으로 살지 못하고, 그저 겉도는 삶이 될지도 모를 일이었다. 그리고 그런 내가 행복하지 않은데, 나를 둘러싼 모든 사람들이 어떻게 행복할 수 있겠는가!

　이 세상에는 마음의 병을 앓고 있는 사람들이 참으로 많다. 그리고 그 마음의 병은 곧 몸의 이상 신호로 나타나기도 한다. 마음속에 자리 잡은 감정들, 특히 억울함, 분노와 같은 감정들은 상대방의 이기적인 말과 행동으로 인해 느끼게 되는 경우가 많기 때문에 당하는 사람의 입장에서는 "내가 왜?"라는 억울함이 계속해서 쌓이게 되는 것이고, 결국 그 억울함은 엄청난 분노로 폭발하게 되는 것이다. 따라서 당하는 사람의 입장에서는 왜 억울한지, 왜 분노가 치솟는지에 대해 상대방에게 명확하게 얘기해 줄 필요가 있다. 그것은 평등 관계가 됐든 수직 관계가 됐든 마찬가지다.

물론 상대방에 대한 부당함을 아무렇지도 않게 받아들일 수 있다면 아무런 상관이 없다. 그런데 그런 사람이 과연 몇이나 되겠는가! 솔직히 그냥 참고 있을 뿐, 마음속에는 '분노'라는 감정이 점점 쌓여가고 있을 것이다. 나도 그랬으니까. 만약, 상대방에게 억울함이나 부당함을 간절히 호소했는 데도 불구하고 전혀 받아들여지지 않는다면 그 관계는 아예 깨는 게 낫다. 굳이 그 사람과의 인연을 이어가면서까지 자신의 삶은 물론 주변 사람들까지 피폐하게 만들 필요가 전혀 없다는 것이다. 나답게 사는 것! 남에게 피해를 주지 않는 선에서 나답게 사는 것이야말로 건강한 삶의 지름길이라고 할 수 있다. 나도 암 선고 이후 지금까지 건강하게 잘살고 있는 이유가 바로 이 같은 생각을 하기 때문이다.

예상치 못했던 의외의 결과

엄청난 대가
거저 얻은 것에 대한

"지금에 와서 생각해 보건대, 더도 말고 덜도 말고 내가 딱 준 만큼만 받게 되는 게 우리네 인생살이인 것 같더구나."

예전에 나이가 지긋이 든 어느 어르신이 누군가에게 한 얘기다. 옆에 서 있다가 얼핏 들었는데 그땐 무슨 말인지 도통 이해할 수가 없었다. 그런데 지금에 와서 생각해 보니 무슨 말인지 충분히 이해가 간다. 물론 그 말을 이해할 수 있는 것은 수십 년의 세월이 흘렀기 때문에 가능하지 않을까 싶다. 보통 사람들은 공짜를 너무 좋아한다. 왠지 힘들이지 않고, 거저 얻은 것 같은 쾌감 때문에 그렇지 않을까. 나 역시도 어떤 물건이냐에 상관없이 1+1에는 무조건 눈이 '홱' 돌아가곤 하니까.

그런데 따지고 보면 1+1의 경우 분명한 이유가 있었다. 그러니까 하나를 그냥 공짜로 주는 데에는 충분히 그럴 만한 이유가 있는 것이다. 예를 들면 양의 눈속임이라든지, 가격의 눈속임이라든지, 유통 기한의 임박함이 그것이다. 내 경우를 보더라도 마트에 가면 1+1 상품은 거두절미하고 무조건 카트기에 쏙 집어넣는 경우가 허다했다. 그런데 이상하게도 그 이유를 깨달았음에도 불구하고 여전히 공짜는 내 마음을 무척 설레게 한다. 아무래도 거저 얻는 쾌감이 우리의 뇌를 통제 불능의 상태로 만드는 게 아닐까 싶다. 여하튼 '싼 게 비지떡'이라는 말도 공짜 앞에서는 다 무용지물이다.

내가 초등학교 4학년 때의 일이다. 지금 생각해 보면 그 친구와는 별로 친하게 지내지 않았던 것 같은데, 어떠한 사건 이후로 내 평생 잊히지 않는 친구로 지금까지 남아 있다. 물론 얼굴은 전혀 생각이 나질 않는다. 그냥 그 친구와 나 사이에서 벌어졌던 엄청난 사건만 기억할 뿐이다. 그날은 이상하게도 그 친구가 나에게 자꾸만 접근해 왔다. 그러면서 하교 후 자신이 맛있는 것을 사 줄 테니 같이 놀자는 것이다. 나는 딱히 할 일도 없었거니와 공짜로 얻어먹을 수 있는 절호의 기회다 싶어 흔쾌히 허락했다. 그렇게 우리 둘은 하교 후 또 다른 만남을 이어 나갔다.

그 친구는 나에게 택시를 타고 번화가로 나가자고 했다. 그래서 나는 그냥 그 친구가 하자는 대로 따랐고, 어느새 우리는 시내 한복판을 거닐며 이것저것 구경을 하였다. 사실 지금 생각해 보면 그 당시 고작 초등학교 4학년이었던 우리들이 택시를 타고 시내로 나간다는 게 보통 일은 아니었다. 여하튼 나는 그 친구만 믿고 졸졸 따라다니면서 마치 환상의 세계로 여행하는 듯했다. 특히 그 친구는 돈이 어디에서 났는지 나에게 많은 것을 사 주면서 환심을 샀다. 그 순간, 난 의심이고 뭐고 아무런 생각도 할 수 없었다. 그저 어린 마음에 마냥 행복하기만 했다.

그 당시 바나나는 우리나라에서 흔하게 볼 수 없었던 무척 귀한 열대 과일 중의 하나였다. 그런데 지금은 마트나 시장에 가면 흔하게 볼 수 있는 과일로서 한손에 약 4000~5000원 정도 한다. 그렇다면 한손에 바나나가 8개 정도 달려 있다고 가정했을 때, 한 개당 500~600원 정도 할 것이다. 그런데 놀랍게도 그 당시 바나나 한 개의 가격이 500원이었다. 게다가 워낙 귀하다 보니 한손이 아닌 낱개로 1개씩 뜯어서 팔았다. 그 친구는 주머니에서 1,000원짜리 지폐를 빼더니 바나나 2개를 달라고 했다. 그리고는 나에게 한 개를 건네줬다. 지금 생각해도 그때 먹었던 바나나 맛은 그 무엇으로도 형용할 수 없을 정도로 환상적이었다.

그리고 그 당시 초등학생 여자아이들이라면 누구나 다 갖고 싶어 했던 인형이 있었다. 관절이 자유자재로 꺾이는 마로니 인형이 바로 그것이었는데, 다양한 옷과 구두는 물론 인형놀이 세트로 구성되어 있어서 여자아이들에게는 최고의 놀잇감이었다. 그런데 그런 인형을 내 품에 안겨주기까지 했다. 귀하디귀한 바나나에 이어 최고의 인기를 달리던 마로니 인형까지. 정말이지 난 가슴이 너무 벅차오른 나머지 "뻥" 하고 터질 것만 같았다. 그렇게 그 친구와 난 시간 가는 줄도 모른 채 이곳저곳을 기웃거리며 신나게 거리를 활보하고 다녔다.

한편 그 시각, 나의 부모님은 아무런 소식이 없는 내가 무척 걱정스러웠는지 안절부절못한 채 한숨만 내쉬고 있었다. 밖은 점점 더 어두워져 가고……. 시곗바늘이 밤 9시로 향하고 있을 때쯤, 난 앞으로 닥칠 엄청난 일에 대해서 전혀 모른 채 즐거운 마음으로 집 대문을 확 열어젖혔다. 그런데 이게 웬일인가! 현관 앞에 경찰관 아저씨 두 분이 떡 버티고 서 있었고, 나를 주시하는 부모님의 얼굴은 아주 무섭게 일그러져 있었다. 그 순간, 무언가가 크게 잘못됐다는 것을 감지했다.

결국 경찰관 아저씨들은 돌아가고……. 화가 머리끝까지 난 아빠는 회초리로 나의 종아리를 심하게 때렸다. 다시는 밤늦게까지 돌아다니지 말라고. 그리고 엎친 데 덮친 격으로 밤늦게 그 친구의 부모님이 우리 집에 찾아와서는 다짜고짜 오늘 쓴 돈에 대해서 일부 물어내라는 것이었다. 나의 부모님은 무슨 영문인지 몰라 재차 물었고, 돌아오는 답변은 자신의 딸이 중학생인 오빠의 등록금을 몰래 훔쳐 갔다고 했다. 그리고 한 푼도 남김없이 전부 썼다는 것이다. 순간 나는 나쁜 일을 저질렀다는 생각에 차마 고개를 들 수가 없었고, 엄마는 더 이상 따지지 않은 채 곧바로 돈의 일부를 돌려줬다.

그날 밤, 난 부모님에 대한 죄책감으로 인해 잠을 제대로 이룰 수가 없었다. 그렇게 한참을 이불속에서 뒤척이며 생각했다. '세상에 공짜는 없는 것'이라고. 그리고 그 이후부터 나에게는 공짜에 대한 약간의 불신이 생겼다. 물론 마트에서 파는 1+1의 경우, 1은 다시 한번 생각해 볼 만한 문제이다. 왜냐하면 내 기준으로 볼 때, 하나는 비록 공짜로 얻었을지언정 하나는 당당히 돈을 지급했기 때문이다. 여하튼 그 사건 이후로 누군가가 아무런 이유 없이 물질적으로 접근하면 머릿속에서 항상 물음표가 달리곤 했다. 그리고 나 스스로 어느 정도의 선을 그으며 일정 거리를 유지하는 습관이 생겼다. 물론 나에게 베푸는 호의를 무조건 거부하는 것은 아니다. 다만, 상대방이 나에게 호의를 베풀면 나도 그만큼의 보답은 못하더라도 어느 정도 내 성의는 표현을 해야 마음이 편해진다.

사실 우리 인간은 신이 아니기 때문에 상대방에게 준만큼 받으려고 하는 경향이 있다. 그래서 오죽하면 조건 없는 봉사에도 결국 자신의 이기심이 먼저 발휘된다는 얘기가 있다. 왜냐하면 대부분의 봉사를 보면 받는 상대방의 기분보다는 무언가 의미 있는 일을 한다는 내 만족이 먼저 앞서기 때문이다. 그러니까 바꿔 말해서 아무리 조건 없는 봉사라고 하더라도 뭔가 뿌듯한 느낌이 없다면 다음에는 그 봉사를 하고 싶지 않다는 것이다. 참 아이러니한 얘기인데, 곰곰이 생각해 보면 나 역시도 봉사를 통해 내 마음의 뿌듯함을 먼저 느끼고자 했던 경우가 많았다.

세상에 딱히 답은 없겠지만 일방적으로 주거나 반대로 일방적으로 받는 관계는 절대로 오래 유지될 수 없음을 얘기하고 싶다. 물론 상황에 따라서 그렇지 않을 수도 있겠지만 대부분의 관계에 있어서 주기만 하는 경우에는 분명 언젠가는 지칠 것이고, 받기만 하는 경우 역시 분명 언젠가는 부담감으로 인해 결국 그 관계는 깨지고 말 것이다. 따라서 가장 이상적인 관계는 '상생 관계'가 아닐까 싶다. '나도 좋고 너도 좋고', '누이 좋고 매부 좋고'

까마득한 그 옛날, 거저 얻은 것에 대한 대가는……. 무서운 경찰관 아저씨, 날카로운 회초리, 억울한 보상, 잊고 싶은 기억, 부모님을 향한 죄책감이었다.

통제 불능의 괴물
다수의 침묵이 키운

사무실 문을 열고 들어서는 순간, 그녀는 걸레를 책상 앞에 "탁탁" 내리치며 온갖 짜증과 분노를 다 쏟아내고 있었다. 직원 한 사람 한 사람의 책상을 "박박" 문지르면서 계속해서 투덜대는 그녀의 모습은 프리랜서로서 가끔 그 사무실에 들르던 나로서는 상당히 거슬리는 부분이었다. 그런데 늘 같이 지내는 직원들은 그런 그녀를 나 몰라라 하며 신문을 보고 있거나 커피를 마시면서 나름 하루 일과를 계획하는 듯 보였다. 여하튼 그 회사와의 계약 건 때문에 가끔 방문했던 그곳의 아침 풍경은 매번 그런 식이었다.

그러던 어느 날, 뭐가 그리도 못마땅했는지 그녀의 말과 행동은 다른 여느 때보다 더 과격해졌다. 투덜대는 정도가 아니라 소리를 지르면서 걸레를 내팽개치듯이 책상 위에 내리꽂았다. 그것도 직원들이 거의 대부분 출근을 한 상황에서 말이다. 물론 난 그 회사의 직원이 아니었기에 자세한 내막은 잘 모르겠지만 아무리 그래도 회사 내에서의 그런 무례한 행동은 도저히 납득이 가지 않았다. 그래서 난 용기를 내어 그녀를 화장실로 불러냈다. 그리고는 인생 선배로서 그녀의 행동에 대해서 따끔하게 충고를 해줬다. 그랬더니 그녀가 막 울면서 자신의 행동이 그렇게 잘못됐는지 몰랐다는 것이다. 게다가 그 누구도 자신에게 그러한 충고를 해주는 사람이 없었다고 한다.

그 순간 난 깜짝 놀랐다. 누가 보더라도 그녀의 행동이 사무실 분위기를 흐려놓는 게 뻔히 보이는데, 정작 그녀는 자신의 그런 행동을 모르고 있었다는 것이다. 게다가 그 누구도 그런 자신의 행동에 대해서 충고를 해주지 않아 전혀 알 수가 없었다니 그저 놀라울 따름이었다. 그때 알았다. 특정 한 사람을 둘러싼 다수의 침묵이 특정한 사람에게 얼마나 커다란 영향을 미치는지. 사실 그 당시 그녀의 행동도 무척 무례했지만 그런 행동을 보고도 충고 한마디 없었던 직원들 또한 너무 무책임하다는 생각이 들었다.

그녀는 그 회사에서 경리 일을 맡고 있었다. 그런데 그다지 규모가 큰 회사가 아니었기에 경리 일을 하면서 동시에 온갖 잡다한 일까지 도맡아 했던 것 같다. 따라서 매번 자존심이 상했던 그녀는 온갖 짜증 섞인 행동을 일삼아 왔고, 그 수위도 점점 높아져 갔던 것이다. 반면 대다수의 직원들은 그런 그녀의 행동이 무척 거슬리기는 했지만 그래도 회사 내 온갖 허드렛일을 도맡아 해주기 때문에 딱히 충고를 하기에도 난처했던 모양이다. 그럼 평소에 적극적으로 일을 도와주든지 말이다. 그래서였을까? 대다수 직원들의 침묵은 결국 스스로를 통제하지 못하는 한 괴물을 키우게 된 것이다.

또 이런 경우도 있었다. 첫째 딸아이가 어렸을 때, 내 주변에는 엄마들의 친목 모임이 몇 개 있었다. 그중 마음이 내키면 가끔씩 참여했던 한 모임이 있었는데, 거기에는 기가 아주 센 엄마가 한 사람 있었다. 다들 그 엄마의 기에 눌려서인지 그 사람이 하는 말은 다 옳고, 무조건 따르는 식이었다. 따라서 견제하는 힘이 없다 보니 자신의 힘을 무분별하게 남용하는 상황이 벌어지곤 했다. 예를 들어 같은 엄마들 입장임에도 불구하고 상대방의 인격을 깎아내리는 듯한 명령을 한다든지 말을 함부로 하면서 비참하게 만든다는 것이다. 사실 그 모임의 성식 멤버가 아닌 제삼자의 눈으로 바라봤을 때도 무척이나 거슬리는 부분인데, 정작 모임의 멤버들은 침묵하고 있다. 해코지당할까 봐? 왕따 당할까 봐? 무서워서? 그래서였을 게다. 그들의 침묵은 결국 물불 안 가리는 기센 괴물을 키우고 만 것이다.

 사실 그 사람은 그 모임을 벗어난 곳에서는 그다지 센 사람처럼 보이지 않았다. 그런데 이상하게도 그 모임에 있어서만큼은 "헉" 소리가 날 정도로 사람들에게 막 대하곤 했다. 아마도 그것은 자신을 견제하지 않는 소리 없는 침묵 때문이 아니었을까 싶다. 그러니까 어떻게 보면 원래 센 사람이 아니었는데 자신을 무조건적으로 치켜세워주는 주변 사람들과의 만남으로 인해 통제 불능의 권력이 생겨난 것이다. 누구 한 사람이라도 수직 관계가 아닌 수평 관계를 추구했더라면 그 사람을 그렇게 센 사람으로 만들어 가지 않았을 텐데…….

 세상을 살아가다 보면 종종 위와 같은 경우를 볼 수 있다. 크든 작든 어떠한 모임에 있어서 그 누군가의 잘못된 행동으로 인해 다들 피해를 입는 데도 불구하고 정작 그 누군가는 그 사실을 모른 채 계속해서 잘못된 행동을 일삼고 있다는 것이다. 그렇다면 누구 한 사람이라도 따끔하게 충고를 해줘서 전체가 피해 보는 일이 없도록 하면 좋을 텐데, 딱히 그런 사람도 없다. 물론 여러 가지 이유가 있겠지만 말이다. 그러다 보니 그 누군가는 자신의 잘못된 행동을 깨닫지 못한 채 매번 모임의 분위기를 어수선하게 만들어놓기 일쑤다.

솔직히 우리 가정만 보더라도 천상천하 유아독존 격인 중2 아들 녀석 때문에 다른 가족들이 엄청난 피해를 보고 있다. 그 이유는 단체 게임으로 인해 거의 새벽까지 친구들과 큰소리로 대화를 나누기 때문이다. 따라서 잠에서 깬 가족들이 돌아가면서 몇 번이고 조용히 하라고 충고를 하지만 정작 자신은 시끄럽게 한 적이 없다면서 오히려 적반하장이다. 당연히 커다란 헤드폰에서 흘러나오는 우레와 같은 게임 사운드와 승부욕에 불타오르는 친구들의 고함 소리가 뒤섞여 도떼기시장 같을 텐데, 거기에다 대고 아무리 큰소리를 쳐본들 자신의 목소리가 크다고 느껴지겠는가! 그래서 옆에 있는 가족들만 매일같이 혹사를 당하고 있는 신세다.

그렇다고 중2 아들 녀석에게 따끔한 충고를 해주기엔 역부족이다. 시기가 시기인 만큼 충고를 하다 보면 서로 간의 언성만 높아질 뿐 결국 아무것도 달라지는 것 없이 오히려 관계만 더 멀어지기 때문이다. 지금으로선 침묵만이 답이다. 물론 아이의 행동이 지나칠 경우엔 따끔하게 한 번씩 충고를 하지만 그것도 중2 사내 녀석에게는 '쇠귀에 경 읽기'다. 그래서 지금은 잠시 입에 지퍼를 달아 놓았다. 사실 소리 없는 침묵이 아이를 통제 불능의 괴물로 만들어 간다는 것쯤은 알고 있다. 그리고 실제로도 조용하고 편안해야 할 집이 게임 관련 도떼기 시장으로 탈바꿈되어 가고 있다.

하지만 어떻게 하겠는가! 북한도 무서워서 못 쳐들어온다는 그 무시무시한 중2인 것을. 비록 지금은 때가 아니라서 침묵만 지키고 있지만 이러한 침묵이 얼마나 무서운 결과를 초래하는지 잘 알고 있기에 가능한 한 빨리 침묵을 깨트릴 만한 분위기 조성에 신경을 쓰고 있다. 예를 들어 공부를 안 하는데 잔소리를 안 한다든지, 말을 안 듣는데 맛있는 것을 해준다든지, 게임만 하는데 화를 안 낸다든지, 말투가 거친데 조심스럽게 얘기한다든지 하면서 거의 도 닦은 스님이 되어가고 있다. 그러다 보면 언젠가는 엄마인 나의 마음을 이해하고 좋은 충고를 받아들일 날이 오지 않을까 싶다.

침묵이라는 것! 어떠한 상황에서는 좋은 영향을 미치기도 하지만 단체 속의 누군가에게는 한 순간에 통제 불능의 괴물로 만들어버리기도 한다. 사람이든, 단체든, 그 무엇이든 악영향을 끼치게 될 침묵이라면 누군가가 용기를 내서 그 침묵을 깨트릴 필요성이 충분히 있다. 결국 그러한 행위는 건강한 사회를 만들어가는 좋은 밑거름이 될 수도 있으니까 말이다.

뛰어넘게 만든 말 한마디
대기업 팀장으로 껑충
생산직 직원에서

우리는 삶을 살아가면서 이런저런 동기 부여로 인해 삶의 변화를 느끼곤 한다. '동기 부여'라는 말을 사전에서 찾아보니 '집단이나 개인 혹은 동물에게 어떤 특정한 자극을 주어 목표하는 행동을 불러일으키는 일'이라고 나와 있다. 흔히들 책 속의 한 문장이 동기 부여가 되어 자신의 삶을 바꿔 놓기도 하고, 감명 깊게 읽은 책 속의 주인공의 삶이 동기 부여가 되어 그의 삶을 좇기도 한다. 또한 자신의 롤 모델이 동기 부여가 되어 스스로를 롤 모델화하기도 하고, 상대방의 그릇된 삶이 동기 부여가 되어 '난 저렇게 살지 말아야지.' 하는 확고한 생각이 자리 잡기도 한다. 그 밖에도 다양한 동기 부여로 인해 자신의 삶이 변화되는 것을 느끼면서 살아간다.

지금 생각해 보면 참 오래된 일인데……. 예전, 잡지사 기자로서 여기저기 뛰어다니며 취재하러 다니던 때였다. 당시 취재 아이템으로 정해진 ○○○○과 깊은 연관이 있는 모 기업, 그곳에서 일하는 팀장을 만나 이런저런 취재거리를 물어봐야 하는 상황이었다. 우선 취재 일정을 잡은 후 그분이 몸담고 있는 회사 근처 카페에서 첫 만남을 가졌다. 그런데 그분의 첫인상은 전날 밤, 잠을 제대로 못 이루었는지 눈은 토끼눈처럼 벌겋게 충혈이 되어 있었고, 얼굴빛 또한 썩 좋지 않았다.

　　"안녕하세요, 모 잡지사의 ○○○ 기자입니다."

　　"네, 반갑습니다. 저는 모 기업, ○○팀에서 팀장을 맡고 있습니다."

　　"지금 ○○에서 ○○○○ 사업을 진행 중이라고 들었어요."

　　"네, 맞습니다. 앞으로 고령화 시대가 되면서 ○○ 쪽으로 여러 가지 사업을 추진할 계획인데요. 그중 지금은 ○○○○ 건설에 대해서 한창 논의 중입니다."

　　"그러지 않아도 저희 잡지사와 그 사업의 맥락이 통하는 것 같아서 이렇게 취재 요청을 드리게 된 거예요. 앞으로 그 사업에 대한 주요 정보를 제공해 주시면 저희 잡지책에 실어드리겠습니다."

　　"네, 감사합니다."

그렇게 그 팀장과의 첫 만남을 시작으로 ○○○○ 사업에 대한 정보를 얻기 위해 때때로 그 기업을 방문하기도 하고, 그 팀장을 만나서 사업이 어떻게 진행되어 가는지 이런저런 정보들을 캐묻기도 했다. 그러던 어느 날, 일에 관한 얘기를 하다가 중간에 사적인 얘기로 흘러가고 있었다. 그 시작은 그 팀장이 어떻게 그 기업에 취업을 할 수 있었는지에 대한 과정이었다. 사실 얘기라는 게 하다 보면 결국 꼬리의 꼬리를 물게 되는 법인데, 한참 이전의 과거로 더 거슬러 올라가 보니 그 팀장은 ○○에 취업하기 전, 어느 중소기업 공장에서 생산부 직원으로 일을 하고 있었다고 한다.

어느 날 땀을 뻘뻘 흘리며 열심히 일을 하고 있는데, 그 회사 공장장이 직원들을 향해 대뜸 한자를 물어봤다는 것이다. "이 한자, 누구 아는 사람 있어?"라고. 그래서 그 한자를 알고 있었던 팀장은 얼른 얘기를 해줬고, 이어 돌아오는 반응은 "네까짓 게 그런 것도 알아?"라는 비아냥거리는 말투였다고 한다. 사실 그 당시 집안이 워낙 가난했던 탓에 고등학교 졸업이 전부였던 그 팀장은 틈틈이 한자 공부를 해둔 터라 나름 한자는 많이 알고 있었다고 한다.

그렇게 배움의 갈증은 늘 있었지만 집안의 경제적 여건 때문에 일찌감치 취업을 한 건데……. 그런 식으로 여러 사람 앞에서 모멸감을 준 공장장을 생각하니 순간 걷잡을 수 없는 분노심이 치솟았다고 한다. 하지만 현실적으로 막상 대들지 못하는 자신의 처지가 너무나도 비참했고, 한동안 자신을 괴롭히는 자괴감 때문에 깊은 우울감까지 왔다고 한다. 그러다가 어느 순간, 이건 아니다 싶어 다시 마음을 다잡고, 그때부터 공장장에게 복수하는 마음으로 이를 악물고 공부에만 전념했다고 한다. 하루에 잠을 겨우 두세 시간 자면서.

그리고 몇 년 후, 노력한 만큼의 충분한 대가가 따라줬다. 바로 우리나라 최고의 명문대학중 한 곳에 당당히 합격을 한 것이다. 남들 잘 때 공부하고, 남들 공부할 때 공부하면서 남들보다 두 배, 세 배로 죽을힘을 다해 공부만 파고들었단다. 이후 그 팀장은 대학을 우수한 성적으로 졸업하고, 드디어 모 대기업에 입사를 하게 된 것이다. 물론 그 회사 내에서도 잠을 줄여가면서 노력한 나머지 남들보다 빨리 승진의 대열에 합류할 수 있었고, 예전 자신을 무례하게 대했던 공장장처럼 되지 않기 위해서 늘 겸손함을 실천하면서 살아왔다고 한다.

그 팀장과의 첫 만남에서 느꼈던 빨간 토끼 눈과 거무튀튀한 얼굴빛은 다 이유가 있었던 것이다. 그러니까 누군가에게 대놓고 무시당했던 일이 그분의 삶에 있어서 엄청난 트라우마로 작용을 했고, 그것으로부터 벗어나기 위해서 매일매일 피나는 노력을 하다 보니 그게 얼굴 표면으로 나타났던 것이다. 그런데 참 안타까웠던 게 그 대기업은 워낙 규모가 크고 누구나 꿈꾸는 선망의 기업이다 보니 회사 내에서도 경쟁이 아주 치열하다고 한다. 따라서 바로 옆에 앉아 있는 동료도 어느 순간 적이 될 수 있는 살벌한 분위기란다.

"이제 좀 편해지나 싶더니 인생의 고뇌는 끝이 없더라고요."

한동안 난 그 팀장이 제공해 준 ○○○○에 관한 정보를 가지고 기사를 작성해 나갔고, 이후 IMF로 인해 출판업계가 하나둘씩 정리되면서 내가 몸담았던 잡지사도 결국 문을 닫고 말았다. 그러면서 자연스레 그 기업에서 추진하는 사업의 전말도 알 수가 없게 되었다. 물론 그 팀장과의 인연도 거기까지였다. 지금 생각해 보면 어느 중소기업의 생산직 직원을 모 대기업의 팀장으로 껑충 발돋움할 수 있게 만들었던 동기 부여는 공장장이 내뱉은 무례한 말 한마디였던 것이다. "네까짓 게 그런 것도 알아?"라는.

인생을 살아가다 보면 삶의 반전을 불러일으킬 만한 일이 참 많다. 좋은 경험에서든 나쁜 경험에서든 직접적인 경험에서 올 수도 있고, 책이나 매체 등을 통한 간접적인 경험에서 올 수도 있다. 여하튼 내가 만난 그 팀장은 자신의 삶에 있어서 비록 최악의 경험을 했지만,

그것을 통해서 자신을 보다 좋은 방향으로 이끌었다는 점에 커다란 의미가 있다고 생각한다. 만약 그 팀장이 당시 공장장으로부터 받은 그 치욕적인 경험을 극복하지 못한 채 살아갔다면 과연 그분의 삶이 어떻게 달라졌을까 싶다.

요즘 둘째 녀석은 게임 삼매경에 푹 빠져 있다. 사춘기도 사춘기지만 요즘 같은 코로나 시국에 거의 집에만 있다 보니 공부하고는 거의 담을 쌓은 듯하다. 엄마인 나나 아이 아빠가 아무리 좋은 말로 얘기해 본들 아무 소용이 없다. 그래서인지 가끔 예전의 그 팀장을 생각하면서 기분 좋은 상상을 해본다. 우리 아이가 다시 공부를 열심히 할 수 있도록 동기 부여를 해줄 만한 그 누군가가 어딘가에 분명히 있을 거라고.

영혼을 죽인 연명 치료

　새벽 4시, 다급하게 울리는 전화 벨소리……. 그런데 난 듣지 못했다. 진동으로 해놓고 잤으니까. 아침에 일어나 혹시나 하는 마음에 부랴부랴 언니한테 전화를 걸었다. 역시나 내가 생각했던 대로였다. 엄마의 위중함을 알리고자 언니가 전화를 한 것이다. 언니는 곧바로 119를 불러 병원 응급실로 향했고, 나도 아이들을 학교에 보낸 후 서둘러서 병원으로 향했다. 지금도 그 당시 상황이 아주 선명하게 그려진다. 엄마를 보러 응급실로 뛰어 들어갈 때 느꼈던 불안감과 초조함이 내 심장을 한없이 조여 오기 시작했다. 그리고 산소 호흡기를 낀 채 차디찬 응급실에 누워 있는 엄마의 모습을 보자마자 눈물이 왈칵 쏟아지고 말았다. 아무리 마음을 가다듬고 진정하려고 해도 주체할 수 없는 슬픔이 결국 응급실 내 통곡으로 이어졌다.

"엄마, 괜찮아? 엄마, 엄마……."

산소 호흡기에 겨우 의지한 채 가쁜 숨을 몰아쉬고 있는 엄마를 향해 난 아무 말도 할 수가 없었다. 그저 하염없이 눈물만 흐를 뿐이었다. 그 당시 푹푹 찌는 무더위로 인해 에어컨을 세게 가동한 탓에 응급실 안은 마치 시베리아 같았다. 난 행여나 엄마에게 한기가 느껴질까 싶어 팔과 다리를 계속 주무르면서 따뜻한 온기를 불어넣었다. 그때 의식이 없었던 엄마가 다시 의식을 찾기 시작했고, 난 계속해서 "엄마, 사랑해."라고 외쳤다. 그동안 입안에서만 맴돌았던 "엄마, 사랑해."라는 말! 그 꼭꼭 감춰 두었던 말을 이제는 원 없이 하고 싶었다. 다시는 볼 수도, 만질 수도 없을 것 같은 뻥 뚫린 가슴속을 "엄마, 사랑해."라는 말로라도 꽉꽉 채워 넣고 싶었다.

그렇게 얼마나 외쳤을까? 엄마는 그 말을 알아들었는지 간간이 고개를 끄덕이곤 했다. 그 순간 뭐라 표현할 수 없는 감정들이 내 가슴을 쥐어짜기 시작했고, 주먹으로라도 가슴을 치지 않으면 곧 죽을 것만 같았다. 그때 밖에서 보호자를 불렀고……. 언니와 난 급히 달려 나가 담당 의사로부터 검사 결과를 통보받았다. 복수로 인한 간성

혼수에, 위암 말기라는 진단! 아마도 4일을 넘기지 못할 수 있으니 가능한 한 주변 친척들에게 빨리 연락하라는 것이었다. 그러면서 왜 이 지경이 될 때까지 병원에 오지 않았냐며 한숨을 내쉬었다. 나도 오고 싶었다. 정말 간절히 오고 싶었다. 하지만 죽어도 병원에 가기 싫다는 엄마의 완고한 고집에는 그 누구도 당해 낼 재간이 없었다. 엄마에게 있어서 병원은 사람을 살리는 곳이 아닌 사람을 죽이는 곳이라는 인식이 이미 뿌리 깊게 자리 잡고 있었으니까 말이다.

 그동안 엄마를 설득하기 위해서 가족들이 어떠한 노력을 했는지는 그 의사도 모를 일이었다. 그래서 가족이 아닌 이상 말을 쉽게 내뱉는 것도 삼가야 한다. 여하튼 그 슬픈 소식을 듣고 가장 먼저 생각난 사람이 미국에 있는 남동생이었다. '어떻게 말을 꺼내야 할까?' 한참을 망설이다가 수화기 너머로 겨우겨우 엄마의 소식을 전했다. 그리고 이후 친척 분들, 주변 지인들에게 순차적으로 연락을 취한 후 마지막으로 우리가 해야 할 일은 엄마가 이 세상과의 끈을 놓는 그 순간까지 옆에서 지켜주는 것이었기에 당연히 연명 치료에도 동의를 했다. 그렇게 응급실에서 중환자실로 옮겨진 엄마는 다소 상태가 좋아지는 듯 의사 전달도 어느 정도 가능해졌고, 산소 호흡기도 대형에서 소형으로 교제를 했다. 그런데도 엄마는 그것마저 불편했는지 자꾸만 떼려고 했다. 사실 자가 호흡이 아닌 기계를 통해 호흡을

유도해 내는 것이었기에 그 힘든 정도는 가히 상상을 초월했을 것이다. 차마 그 모습을 바라보고 있자니 가슴이 무너져 내렸다.

솔직히 내 생각 같아선 그 불편한 산소 호흡기를 다 떼어버리고 엄마가 원하는 대로 해주고 싶었다. 하지만 병원 내 규정상 그럴 수 있는 입장도 아니었다. 게다가 무척이나 갈증을 느끼는 엄마에게 입을 통해 물을 마시게 하면 자칫 폐로 들어갈 수 있으니 젖은 가제 손수건으로 입만 적시어 주라는 것이다. 정말이지 답답했다. 얼마 남지 않은 시간마저도 엄마는 수많은 규제와 고통 속에서 보내야 할 것만 같았으니까. 그렇게 하루가 지나고, 그 다음 날 미국에서 남동생이 도착했다. 그런데 얼마나 마음고생을 심하게 했는지 얼굴이 수척해져 있었다. 그리고 친척 분들은 이제 마지막이 될 수도 있는 엄마를 보러 와서는 그냥 조용히 얼굴만 바라보는가 하면 하염없이 눈물을 흘리기도 하고, 지난 추억들을 얘기하면서 엄마의 손을 꼭 잡아주기도 했다. 그 광경을 보고 있었던 난 너무 무서웠다. 엄마 없는 세상에 산다는 것이…….

우리 가족들은 낮과 밤을 교대로 엄마를 보살폈다. 수시로 기저귀도 갈아 줘야 했고, 욕창이 생길 수 있으니 자세도 바꿔 줘야 했다. 또한 극심한 통증을 느낄 때에는 곧바로 간호사를 불러서 진통제를 놔

달라고 해야 했다. 진통제도 그냥 일반 진통제가 아닌 '모르핀'이라는 마약 성분의 진통제라고 들었다. 그만큼 통증이 극심하다는 것이다. 정말이지 지켜보는 사람도 이토록 고통스러운데, 정작 엄마 자신은 얼마나 힘이 들까 싶었다. 특히 적막감이 감도는 깊은 밤엔 엄마의 그 아픈 신음 소리가 병실을 가득 채우곤 했다. 그렇다고 엄마는 소리를 지르지도 않았다. 그냥 그 고통을 온몸으로 참아내고 있었던 것이다. 차라리 그동안 참을 만큼 참고 살았으니 이제는 아프다고, 죽겠다고 소리라도 지르면 좋으련만 엄마는 마지막까지도 조용히 인내하고 있었다. 그런 엄마에게 내가 해줄 수 있는 거라곤 이 한마디밖에 없었다.

"엄마, 사랑해."

엄마가 중환자실로 옮겨진 지 어느덧 사흘째가 되어 가고 있었다. 우리 형제들은 엄마가 힘들까 봐 말을 최대한 아꼈다. 엄마의 몸에는 갖가지 의료 기기들이 연결되어 있었다. 코에는 소형 산소 호흡기가, 배에는 복수를 빼내는 커다란 주사기가, 팔에는 수액 주삿바늘과 수혈 주삿바늘이, 그리고 온몸에 연결된 수많은 선들은 엄마의 몸 상태를 측정하는 커다란 의료 기기와 곧바로 연결되어 있었다. 한 방향으로만 누워 있는 엄마의 자세를 때때로 바꿔주지 않으면 욕창이 생길 수 있기에 그 모든 연결된 것들은 그야말로 걸림돌이나 다름없었다. 지금 생각해 봐도 그 당시 엄마는 사람이 아니었다. 마치 실험대에 올려진 마루타 같다고 할까? 솔직히 엄마의 그 모습이 지금까지도 내 뇌리에서 잊히지 않는다. 아니, 영원히 잊히지 않을 것 같다.

한번은 이런 일이 있었다. 엄마 옆에서 늘 간호를 해주던 나는 그날도 어김없이 엄마의 자세를 바꿔 주려고 몸을 옆으로 돌렸다. 그런데 그때 엄마의 입에서 팥죽색과 비슷한 다량의 액체가 쏟아져 나왔다. 그 순간 난 너무 놀라 간호사를 불렀고, 뒷수습 후 이유를 물었다. 그랬더니 그 간호사는 위액인 것 같다며 그냥 대수롭지 않게 넘기는 듯했다. 아! 정말 답답했다. 담당 의사는 얼굴 보는 것조차 힘들었고, 간호사 역시 내가 부르면 올까 자주 들르지도 않았다. 그리고 궁금한 것에 대해서도 딱히 정확한 대답을 해주지 않았다. 그때 난 너무 화가 나서 간호사에게 한마디 쏘아붙였다.

"도대체 이게 뭡니까? 이게 사람 꼴이냐고요. 이럴 줄 알았으면 연명 치료도 안 받았을 겁니다. 그야말로 만신창이네요."

중환자실로 옮겨진 지 나흘째였다. 엄마의 눈빛은 점차 초점을 잃어가고 있었고, 양손은 허공에 대고 무언가를 쫓아내는 듯 보였다.

그래서 조심스레 물어봤더니 검정 고무신이 자신을 향해 날아든다는 것이다. 그 말을 듣는 순간, 날카로운 칼로 가슴을 도려내는 듯 아려오기 시작했다. 이제는 때가 된 것 같았다. 그동안 중환자실에서 있었던 일들이 주마등처럼 스쳐 지나갔다. '도대체 연명 치료가 무엇이기에 이토록 죄책감이 드는 걸까?' 끊임없이 나 자신에게 되물었다. 차라리 중환자실로 옮겨지기 이전의 모습으로 엄마를 보내드렸더라면 이렇게까지 마음이 아프진 않았을 것이다. 영양 섭취는 수액으로 대신하고, 부족한 피는 수혈로 대신하면서 생명의 연장은 어느 정도 가능했을지 모르겠다. 하지만 의식이 있었던 엄마에겐 그 모든 행위가 죽을 만큼의 고통으로 다가오지 않았을까 싶다.

그때 난 깨달았다. 말기암 환자에게는 연명 치료가 다 부질없다는 사실을. 물론 가족들은 사랑하는 사람이 이 세상을 떠나기 전까지 최대한 생명을 연장시키고 싶겠지만 내가 옆에서 경험한 바로는 오히려 당사자에게 고통만 안겨줄 뿐이다. 차라리 남은 시간 동안 가족들과 함께하면서 자신의 삶을 편안히 정리할 수 있도록 도와주는 게 현명한 방법이 아니었을까 싶다. 사실 연명 치료가 아니더라도 죽음 앞에선 당연히 고통이 따를 것이다. 그래도 온갖 의료 기기와의 진쟁은 아니다. 그 모든 것을 지켜본 가족들이 평생 죄책감을 갖고 살아갈 수도 있을 테니까.

그렇게 나의 엄마는 중환자실로 옮겨진 지 나흘째 되던 저녁, 가족들이 잠깐 자리를 비운 사이에 홀로 조용히 세상을 떠났다.

진정한 행복
삶의 끝자락에서의

"이 세상, 잘살다 간다."

임종을 앞둔 어떤 할머니가 이 세상과의 끈을 놓기 직전, 편안한 미소와 함께 마지막으로 남긴 말이라고 한다. 이 얘기는 그냥 흘려들은 얘기였는데, 순간 무척 울컥했던 기억이 난다. 그리고 수년이 지난 지금도 이 얘기는 내 마음 깊은 곳에서 커다란 울림으로 남아 있다. 도대체 그 기나긴 세월을 어떻게 살아냈으면 죽음 앞에서 이런 얘기가 나올까? 마음속에 아무런 미련도 없는, '나'라는 존재가 아예 없는 그서 무 상태에서나 나올 법한 얘기가 아닐까? 여하튼 이 한마디가 남은 내 삶에 참 많은 생각을 하게끔 만든다. '어떻게 살 것인가?'

사실 난 죽음에 대해서 그다지 두려움을 느끼진 않는다. 혹여 어떤 불치병에 걸리더라도 굳이 살려고 발버둥을 칠 것 같지는 않다. 물론 어느 정도의 노력은 해보겠지만 그게 아니라면 그냥 자연의 순리대로 따라가지 않을까 싶다. 글쎄, 모르겠다. 그 누군가는 아직 죽음을 눈앞에 두지 않아서 그런 얘기를 하는 거라고 반문할 수도 있을 것이다. 그런데 나는 이미 내 엄마의 죽음을 통해 많은 것을 경험했다. 엄마가 응급실로 실려 온 이후부터 이 세상과의 이별을 하는 그 순간까지 '연명 치료'라는 것을 통해 남은 생명을 붙잡으려고 안간힘을 써 봤지만 결과는 그야말로 참담했다. 온몸에 꽂힌 의료 기기들, 그리고 고통으로 얼룩진 엄마의 숨 가쁜 신음소리……. 지금도 엄마의 마지막 가는 길을 보다 편안하게 보내드리지 못한 죄책감에 시달리곤 한다.

사실 내 엄마도 마지막 그 순간, 그다지 편안한 모습을 보이진 않았다. 그런 엄마의 모습을 바라보는 나 역시 마음이 갈기갈기 찢어졌다. 그 무슨 미련이 남았기에……. 난 축 늘어진 엄마의 손을 꼭 잡은 채 "엄마, 사랑해.", "엄마, 하느님 믿지?"라고 말하면서 울먹였고, 이에 엄마는 미세한 떨림으로 반응하는 듯 보였다. 그렇게 삶과 죽음의 기로에서 나눴던 엄마와의 짧은 대화는, 그 뭐랄까! 내 삶의 커다란 충격으로 다가왔고, 이후 내 삶에 커다란 변화를 가져다주었다. 미련 없이 살기로 했다. 한 치의 미련도 없이. 그러려면 도대체 어떻게 살아야 할지 한번 생각해 봤다.

그 무엇인가에 이리저리 끌려다니지 않고, 나만의 고유한 삶을 지켜나가면서 스스로 만족하는 삶! 그런 삶이야말로 훗날 미련 없이 이 세상과의 이별도 순순히 받아들일 수 있지 않을까 생각한다. 그렇다면, 남에게 피해를 주지 않고, 나답게 사는 것은 도대체 어떻게 사는 것일까? 지금까지 살아오면서 수많은 경험을 통해 깨달았던 내 나름대로의 멋진 인간상이 있다. 우선 하루하루 최선을 다하는 모습 속에 책임감, 신뢰, 배려, 겸손, 정의, 편안함, 따뜻함이 묻어나는 사람이다. 물론 이 모든 조건을 다 충족할 수는 없겠지만 적어도 내 머릿속에 항상 새기며 살아가다 보면 언젠가는 이러한 멋진 인간상과 근접해 있지 않을까 싶다.

나에게 있어서 책임감이란 우선 결혼에 대한 책임감이다. 결국 내가 선택한 결혼이기에 한 남편의 아내로서, 두 아이의 엄마로서 나름 최선을 다하고자 노력한다. 예를 들자면 남편에게 있어서는 친구 같은 아내, 아이들에게 있어서는 커다란 나무 같은 엄마가 되는 것이다. 그 방법은 이렇다. 내 욕심을 조금 내려놓고, 가능한 한 상대방에게 맞춰주면 편안한 가정 속에서 저절로 그런 분위기가 만들어질 것이다. 물론 쉽지만은 않을 것이다. 왜냐하면 자칫 그 과정에서 자존심이 상하기도 하고, 억울한 일도 당하기 때문이다. 다만, 스스로에 대한 자존감을 지키면서 양보하는 능력은 개개인의 몫이다. 그리고 중요한 건, 상대방이 나에게 책임을 떠넘기는 경우가 있다. 그것은 가족이 될 수도 있고, 다른 제삼자가 될 수도 있다. 그 떠넘기기식 책임은 절대로 사양해야 한다. 그건 곧 불행의 시작이고, 결코 내 책임이 아니기 때문이다.

두 번째는 신뢰이다. 가족은 물론 지인들과 신뢰를 쌓으려면 한번 정한 약속은 반드시 지키는 게 필수다. 나는 지키지 못할 약속은 아예 하지 않는다. 그러다 보니 약속에 인색할 수밖에 없다. 다만, 아무리 사소한 약속이라도 한번 했으면 반드시 지키는 스타일이다. 그러니까 우스갯소리로 한입 가지고 두말을 하지 않는다는 것이다. 내 경험상, 신뢰가 가는 사람들과의 만남은 그냥 단순하게 얼굴 보면서 얘기하는 것으로 끝나지 않고, 그 만남 자체가 무척 소중하고, 커다란 의미로 다가온다. 또한 입이 무거워야 한다. 누군가로부터 들은 얘기를 다른 사람에게 절대로 누설하면 안 된다는 것이다. 물론 끝까지 비밀을 지켜주는 사람도 있지만 그렇지 않은 사람도 많기 때문에 결국 부메랑이 되어 일이 더 커질 수가 있다.

세 번째는 배려다. 사람들을 만나다 보면 배려심이 있는 사람과 그렇지 않은 사람이 있다. 중요한 건, 배려심이 있는 사람과의 만남은 왠지 내가 대접받는 느낌이라고 할까? 그냥 기분이 좋아진다. 그렇다고 상대방이 무시되는 게 아니라 나 또한 겸손해지는 아름다운 마음을 갖게 된다. 물론 너무 지나친 배려는 오히려 상대방에게 부담을 줄 수도 있기 때문에 적당한 배려의 감을 익힐 필요가 있다. 한 예로 어떤 지인의 지나친 배려로 인해 부담을 느낀 적이 있었다. 자칫 나 자신이 교만해질 수도 있고, 그 자리가 결코 편하게 느껴지진 않는다. 반대로 배려심이 없는 사람과의 만남은 왠지 내가 무시당하는 느낌이라고 할까? 결국 그 만남은 오래가지 않는다.

네 번째는 겸손이다. 난 개인적으로 겸손한 사람한테 끌린다. 왜냐하면 상대방의 겸손은 편안함을 주기 때문이다. 왠지 내 얘기를 들어줄 것 같고, 비밀을 지켜 줄 것 같고, 대화를 하는 데 있어서 긴장을 하지 않아도 될 것 같은 그런 느낌에서다. 사실 잘난 체를 하는 사람들과 대화를 나누다 보면 굉장히 피곤해지고, 에너지가 자꾸만 고갈되는 느낌이 든다. 따라서 그런 사람들과의 만남은 나에게 아무런 득이 되지 않고, 오히려 의욕 상실로 이어지기도 한다. '벼는 익을수록 고개를 숙인다.'라는 말이 있듯이 자존감이 높은 사람일수록 겸손한 사람들이 많다.

다섯 번째는 정의다. 사람들 가운데 유독 불의를 보면 못 참는 사람들이 있다. 특히 우리 집의 첫째 딸아이가 그렇다. 각종 SNS나 기사에 나오는 반인륜적인 행동이나 사회적 부조리 등을 보면서 어찌할 바를 모른다. 엄마인 나를 붙잡고 쌓인 분노를 다 토해내는 걸 보면 말이다. 사실 나도 젊었을 땐 불의를 보면 못 참는 성격이었다. 그러다 보니 피해를 보는 일도 많았고, 위험에 노출되는 일도 간간이 있었다. 물론 지금은 나이가 들었고, 어느 정도 세상과 타협하면서 살아가고는 있지만 그 옛날 정의로웠던 부분은 아직까지도 자랑스러움과 떳떳함으로 남아 있다. 그리고 평생 자존감으로도 이어진다.

여섯 번째는 편안함이다. 누군가에게 편안한 사람이 있다는 것은 어떤 의미일까? 난 그렇게 생각한다. 그 누군가는 삶에 있어서 가장 소중한 것을 얻은 거라고. 세상을 살아가다 보면 즐거운 일보다는 힘든 일이 더 많은 게 사실이다. 오죽하면 '삶은 고행이다.'라는 말이 있을까! 그런 힘든 세상 속에서 나에게 위로가 되어 주고, 힘이 되어 줄 수 있는 편안한 사람이 있다는 것은 정말 커다란 행운이 아닐 수 없다. 그런데 그 편안한 사람의 조건에는 분명한 한 가지 사실이 있다. 그것은 바로 한결같은 모습이다. 세월이 흘러도 늘 그 자리에 있을 것 같은 편안한 사람! 당신 주변에는 그런 사람이 있는지……. 그리고 누군가에게 당신은 편안한 사람인지…….

일곱 번째는 따뜻함이다. 마음이 따뜻한 사람은 다수의 마음을 움직이는 커다란 힘을 가지고 있다. 예전, 마음이 참 따뜻했던 어떤 엄마의 모습이 생각난다. 엄마들끼리 동그랗게 원을 그려 수다를 떨고 있었는데, 저만치서 모임에 끼지 못한 채 서성이는 엄마가 한 분 있었다. 그때 마음이 따뜻했던 그 엄마는 소외된 엄마를 조용히 데리고 와서는 함께 어울릴 수 있도록 분위기를 조성해 나갔다. 그때 나를 포함한 주변 엄마들은 그런 따뜻한 엄마의 모습에 무척 감동했고, 이후로도 그 모임은 끼리끼리보다는 누구 한 사람 소외당하지 않도록 서로가 서로를 챙기는 훈훈한 모임으로 발전해 나갔다. 마음이 따뜻한 사람은 그 존재만으로도 삶의 이유가 된다.

언젠가 TV에서 어느 70대 할머니의 인터뷰를 들은 적이 있었다. "지금이 내 삶에 있어서 가장 행복하다."라고. 예전엔 미처 몰랐다. 젊은 나이도 아니고, 노인이 되어서 뭐가 그리도 행복하다는 것인지. 그런데 이제는 알 것 같다. 행복은 나이와는 전혀 상관이 없다는 사실을. 아무리 젊은 나이에 모든 것을 다 갖추었다고 해도 마음이 불행하면 행복하지 않을 것이고, 나이가 지긋하고 비록 가진 게 없더라도 자신의 삶에 만족한다면 충분히 행복할 수 있는 거라고. 아마도 그 할머니는 세상을 나름 잘 살아온 분이라는 생각이 든다. 게다가 70대가 되어서야 비로소 가장 커다란 행복을 느낀다니 그게 바로 삶의 끝자락에서나 느낄 수 있는, 아무런 미련 없는 진정한 행복이 아닐까 싶다.

소리 없는 외침
엄마의 침묵은

아마도 청마 유치환의 <깃발>이라는 시는 누구나 한 번쯤 접해 봤으리라 생각이 든다. 그 시의 1연을 보면 '이것은 소리 없는 아우성'이라는 구절이 나오는데, 그 짧막한 구절 속에는 무언가 말로 형용할 수 없는 깊은 한이 서려 있음을 느낀다. 사전을 찾아보니 '아우성'이란 여럿이 함께 기세를 올려 악을 쓰며 부르짖는 소리나 그 상태라고 나와 있다. 그런데 그런 시끌벅적한 아우성에 소리가 없다는 게 참으로 역설적이다. 사실 유치환 시인이 활동하던 시기는 일제 치하에서였다. 따라서 그 당시로서는 일본의 막강한 힘에 직접적으로 저항할 수 없었기에 그 끓어오르는 분노를 비록 소리는 없지만 대한민국의 독립을 염원하는 힘찬 깃발에 비유한 것일 게다.

마찬가지로 이러한 역설적인 상황은 우리 가정에서도 벌어지고 있다. 난 고등학교 1학년, 중학교 2학년 남매를 키우는 엄마다. 한동안 전혀 예상치 못했던 첫째 딸아이의 사춘기를 겪어냈고, 지금은 둘째 녀석의 사춘기를 겪어내고 있는 중이다. 사실 예전의 나는 잔소리를 꽤 많이 하는 엄마 중의 한 사람이었다. 아이들이 방을 어질러 놓으면 "방에서 귀신 나올 것 같다."라고 하면서 깨끗이 정리하라고 잔소리를 했고, 공부를 안 하면 "너 그러다가 대학 못 간다."라고 하면서 열심히 공부하라고 잔소리를 했고, 음식을 질질 흘리고 먹으면 "넌, 턱이 빠졌니?"라고 핀잔을 주면서 제대로 먹으라고 잔소리를 했고, 이빨을 잘 안 닦으면 "결국 다 썩어서 나중에 틀니를 해야 한다."라고 겁을 주면서 제발 이빨 좀 닦으라고 잔소리를 해댔다. 그럼에도 불구하고 아이들은 아직 작고 어렸기에 엄마인 내 말을 제법 잘 따라주곤 했다.

사실 '잔소리'라고 얘기는 했지만 어떻게 보면 사랑하는 아이들을 향한 엄마의 간절한 외침이라고 하는 게 맞을 듯싶다. 그만큼 이 세상의 모든 엄마들의 말은 자식이 잘 자라주기를 바라는 뜻에서 내뱉는 깊은 영혼의 소리이기 때문이다. 물론 아이들에게 악영향을 끼칠수 있는 말도 있을 것이다. 내 경험상, 엄마가 하는 좋은 얘기를 아이들이 계속 거부했을 때, 화가 치밀어 올라 거친 말을 내뱉기도 한다.

다만, 내가 여기에서 말하고자 하는 것은 아이들의 좋은 습관, 바른 인성 등을 위해서 엄마가 수시로 내뱉는 말이다. 여하튼 남들이 흔히 말하는 '엄마의 잔소리'라는 말은 듣기 참 거북하다.

그런데 아이들을 향한 나의 그 간절한 외침들이 어느 순간 침묵으로 변하고 말았다. 그 시점은 바로 첫째 딸아이의 혹독한 사춘기를 겪어내고 이어 둘째 녀석의 기가 막힌 사춘기를 겪어내는 과정에서다. 첫째 딸아이의 사춘기 때만 해도 아이의 기분을 이리저리 살피면서 도를 넘는 부분은 간간이 지적을 해주곤 했다. 물론 그럴 때마다 "네, 알겠습니다." 하고 긍정적으로 받아들이는 게 아니라 듣기 싫은 나머지 영혼 없는 대답을 하기 일쑤였다. 그나마 대답이라도 하면 다행이다. 오히려 소리를 지르면서 그만 좀 하라고 윽박지르는가 하면 무시하듯 아무런 대답이 없을 땐 그야말로 자존감이 저기저 밑바닥으로 한없이 곤두박질 쳐진다.

그렇게 첫째 딸아이의 사춘기를 겪어냈고……. 이어 둘째 녀석의 사춘기를 겪어내는 과정에서 이게 무슨 나의 기구한 운명인지 둘째 녀석은 더했다. 그러니까 보고 배운 누나의 사춘기 증상을 보다 더 업그레이드했다고 할까? 한마디로 기가 막혔다. 무언가 일이 발생했을 때 혼을 낼라치면 그 즉시 "누나도 그랬잖아요.", 내지는 "누나는 뭐라고 하지도 않았으면서……."라고 투덜대면서 누나와 자신을 끊임없이 비교하곤 했다. 사춘기로 한창 몸살을 앓고 있었던 첫째 딸아이의 눈치를 보느라 그저 숨죽여 살았는데, 둘째 녀석은 그런 내 마음도 모른 채 자신의 어떠한 행동에도 엄마의 말이 침투하지 못하도록 미리 선수를 치는 식이었다. 그때 절실하게 깨달았다. 흔히들 사춘기를 가리켜 왜 '천상천하 유아독존'이라고 칭하는지를.

  답이 없었다. 끊임없이 지금의 자신과 과거의 누나를 비교하면서 얘기할 때는 내가 무슨 얘기를 해도 전혀 먹혀들어가지 않았다. 그렇다고 당시 누나가 사춘기였기 때문에 조심스럽게 행동할 수밖에 없었다고 하면 그 말은 또 사춘기인 자신에게도 조심스럽게 행동해야 한다는 빌미를 주는 셈이었다. 아! 정말이지 자식을 키운다는 것은 도 닦는 스님보다도 한 수 위여야만 가능한 일인 듯싶었다. 이 세상의 부모, 특히 '엄마'라는 존재는 정말 위대함 그 자체다. 여하튼 그러한 상황 속에서 나로서는 침묵밖에 답이 없었다. 무언가를 말하면 그 말은 계속해서 실타래가 꼬이듯 점점 더 풀기 힘든 상황으로 치달았기 때문이다. 그래서 어느 순간 나는 아무런 의미 없는 벽 세계에서 조용한 침묵의 세계로 발을 내디뎠다. 그러면서 이 세상에 없는 내 엄마의 삶을 서서히 이해하기 시작했다.

나의 엄마는 언니, 나 그리고 남동생 삼 남매를 키워냈다. 내 기억 속 엄마는 항상 조용히 노래를 부르면서 묵묵히 살림만 하는 그런 엄마였다. 그렇다고 엄마가 행복한 가정 속에서 한 남자의 부인이자 세 자녀의 엄마로 살아간 것은 절대 아니었다. 그 당시만 해도 우리 집은 아빠의 사업 실패로 인한 경제적 어려움은 물론 숨 막히듯 권위적인 아빠, 유독 사춘기가 심했던 언니 그리고 줄줄이 사춘기를 앓았던 나와 남동생이 있었다. 솔직히 같은 엄마 입장에서 볼 때 숨이 "컥" 하고 막힐 지경이다. 아마도 그래서였을 게다. 엄마는 말이 없었다. 다만, 자식들이 서로 심하게 싸울 때만 제외하고는 그저 조용히 침묵만 지킬 뿐이었다.

　이제야 알 것 같았다. 엄마가 왜 침묵했는지. 사실 난 운명론자는 아니다. 하지만 사춘기 아이를 키우면서 뼈저리게 깨달은 바가 있다. 그건 바로 내가 배 아파 낳은 자식이라도 절대 내 뜻대로 안 되는 부분이 있다는 것이다. 그러니까 내 아이를 아무리 좋은 방향으로 이끌려고 해도 스스로에게 어떠한 커다란 계기가 있지 않는 한 이미 타고난 성향은 절대로 바뀌지 않는다는 사실이다. 이는 곧 부모가 자식을 가르치는 데는 한계가 있다는 것이고……. 다만, 그런 부모의 뜻을 받아들이느냐 그렇지 않느냐는 결국 아이들의 몫이다. 참 어리석게도 아이들이 어렸을 때는 내 뜻대로 잘 자랄 수 있을 것 같았다.

잘 기억은 나지 않지만 나의 엄마도 역시 어느 시점까지는 자식들이 바르게 자랄 수 있도록 꾸준히 가르쳤을 것이다. 그러다가 자식들이 하나둘씩 사춘기를 겪게 되면서 도저히 감당할 수 없는 시점이 되자 결국 침묵이라는 길을 선택하지 않았을까 싶다. 자식을 향해 하고 싶은 말은 너무도 많지만 전혀 받아들여지지 않는 현실 속에서 그저 침묵밖에 답이 없었던 것이다. 그래서 그 침묵이라는 단어에는 정작 말하고 싶어도 말하지 못했던 엄마의 깊은 한이 서려 있다. 그렇게 나의 엄마는 소리 없는 외침, 즉 침묵으로 일관하면서 외로운 삶을 살아왔던 것 같다. 참으로 놀라웠던 건, 병원에 가기 싫어하던 엄마가 이 세상과 이별할 때쯤, 충격적인 사실을 알게 되었다. 평소 A형인 줄로만 알았던 너무도 조용했던 엄마가 피검사를 통해 O형으로 밝혀졌기 때문이다. 물론 혈액형의 특징과 성격이 모두 일치하지는 않겠지만 적어도 내 주변의 O형인 사람들을 보면 대부분 밝은 성격의 소유자였다.

소리 없는 외침! 엄마의 한 사람으로서 자식을 향해 하고 싶은 말은 너무도 많지만 지금은 침묵할 수밖에 없다.

편의점 아르바이트

고속 승진 다음은

　요즘은 '느림의 미학'이라는 말이 그리 어색하게 들리지 않는다. 아니, 그냥 자연스럽다. 하지만 예전엔 느리다는 게 부정적인 의미를 내포하고 있었다. 그러니까 보통의 수준을 넘지 못하다 보니 주변으로부터 무시를 당하는, 그야말로 바보 취급을 당하기 일쑤였다. 따라서 '빨리빨리'라는 말이 우리 사회 곳곳에 널리 퍼져 있었던 때였다. 직장도 빨리빨리, 승진도 빨리빨리, 공부도 빨리빨리, 밥도 빨리빨리, 결혼도 빨리빨리……. 무엇이 됐든지 간에 빨리빨리 해야 했기 때문에 그만큼 사람들의 삶은 늘 여유가 없이 불안하고 초조했다. 나 역시 그 당시의 친구들 가운데 결혼을 가장 늦게 하다 보니 눈치도 보이고, 불안하다는 생각이 늘 마음속에 자리 잡고 있었다.

그런데 따지고 보면 그 무언가를 빨리 이루었을 때 찾아오는 공허함과 불안함, 나아가 무한함이 존재한다. 예를 들면 자신이 목표하는 바를 빨리 이루었을 때 그 순간만큼은 기분이 날아갈 듯 좋을 것이다. 하지만 그 행복도 잠시, 다시 또 다른 목표를 세워야 하는 불안함이 뒤따르고, 몇 차례 자신이 목표한 바를 이루다 보면 결국 가야 할 길이 끝이 없다는 생각이 들곤 한다. 그러니까 그 무언가를 빨리 빨리 하다 보면 과정을 즐기지 못한 채 오직 결과만 바라보게 되므로 편안하고 만족스러운 삶을 살아갈 수 없다는 것이다. 나 또한 그런 삶의 이치를 깨닫기 전까지는 항상 불안하고 초조했다.

물론 빨리빨리 하면서 자신이 목표한 바를 계속해서 이루어 내는 성취감을 느낄 수도 있겠고, 그에 따른 경제적인 보상도 충분히 받으리라 생각한다. 다만, 끝이 없는 무한함 속에서 느껴지는 자신에 대한 정체성의 모호함과 목표를 이루고 난 이후에 보장되지 않는 미래에 대한 암담함이다. 그래서 예전엔 한창 최고의 주가를 올리고 있던 연예인들이 세상을 등지기도 했다. 아무래도 여태껏 쌓아 온 인기를 잃을 수도 있다는 불안함과 끝이 어딘지 모르는 무한함 때문이 아니었을까 싶다. 여하튼 그 당시엔 능력이 가장 우선시되는 사회적 인식 때문에 그 무언가를 빨리빨리 이루어내지 않으면 무능력자로 치부되는 경우가 많았다.

그런데 아이러니하게도 이런 경우가 있었다. 지금은 개인 사업을 하고 있지만 사업하기 전의 그 지인은 중견 기업에 속하는 모 기업 직원이었다. 그때 지인이 속해 있었던 부서의 팀장이 있었는데, 그분은 어떤 뛰어난 능력이 있었는지는 잘 모르겠지만 여하튼 초고속 승진을 하였다. 사실 같은 입사 동기들이 한참을 뒤처져 있었던 터라 그분의 능력은 회사 전 직원, 특히 같은 부서 직원들에게 있어서 늘 부러움의 대상이었다. 나도 몇 번 본 적이 있긴 한데, 그야말로 공부만 했을 것 같은 선비 스타일이었다.

"정말이지 팀장님만 보면 답답해 죽겠어."

"왜? 인상은 차분하니 좋으시던데……."

"그러니까 차라리 교수를 했으면 잘 맞았을 거야."

"내가 봐도 선비 스타일 같던데, 영업 부서랑 잘 안 맞나 보네?"

"영업 부서면 좀 융통성 있게 일을 추진해야 하는데, 외부에서 손님이 와도 밥 한 번, 차 한 잔을 대접한 적이 없어. 심지어는 팀장으로서 부하 직원들에게 아무것도 해주는 것 없이 일만 열심히 하라고 하니 누가 숨이 안 막히겠어."

"그러게. 근데 그분은 왜 영업 부서로 왔을까? 차라리 기획 부서로 갔으면 잘 맞았을 텐데……."

"오히려 그분 입장에서는 기획 파트가 낫긴 하지. 아무튼 팀장님 때문에 하루하루가 지옥이야.”

“아이고! 걱정이네.”

그 지인은 나와 무척 친했고, 또 같은 아파트에 살다 보니 얘기할 기회들이 많이 있었다. 그렇게 지인은 한동안 극심한 스트레스에 시달리면서 겨우겨우 회사 생활을 이어나가곤 했다. 그리고 시간이 꽤 흘러 그 회사 내에서 구조 조정 얘기가 오가는 상황이었는데……. 놀랄 만한 사실은 초고속 승진을 한 그 팀장이 어떤 이유에서인지 회사에서 쫓겨날 신세라는 것이다. 얘기를 들어 보니 융통성이 전혀 없었던 그 팀장은 임원한테든 부하 직원한테든 인정을 못 받은 탓에 결국 존재감 상실로 이어지고 말았다. 사실 난 그 부분에 대해서 좀 안쓰러운 마음이 있었다. 그렇다고 그분이 남에게 해를 끼치거나 부하 직원들을 괴롭히는 못 된 사람은 아니었으니까 말이다. 다만, 주지도 말고, 받지도 말자는 청렴결백한 선비 스타일이 회사 생활과는 맞지 않았던 것이다.

결국 그 팀장은 회사를 퇴사했고, 이후 감사팀으로 발령이 난 그 지인은 회사 내 각 부서들을 감시하면서 나름 열심히 일하는 듯 보였다. 나는 간혹 가다가 지인에게 예전 팀장의 안부를 묻곤 했는데, 돌아오는 답변은 전화 연락도 안 되고, 어떻게 사는지 도통 알 수가 없다며 답답해하곤 했다. 그러다가 언젠가 그 팀장과 연락이 닿아서 차 한잔 했다고 하는데, 그 이후로는 연락이 아예 끊기고 말았다고 한다. 솔직히 그 회사 직원도 아닌 내가 그분에게 관심이 있었던 이유는 영업부의 팀장답지 않게 청렴결백했던 모습이 무척 인상적이었기 때문이다. 여하튼 무소식이 희소식이라고! 그래도 어디선가 잘 살고 있다는 생각에 그분의 얘기는 한동안 입 밖으로 꺼내지 않았다.

그러던 어느 날, 그 지인이 급하게 날 불러내더니 무슨 이유에서인지 놀란 가슴을 쓸어내리며 한동안 말을 잇지 못했다. 그리고 잠시 후, 그 지인으로부터 자초지종에 대해서 전해 들은 나 역시 그 무슨 얘기도 할 수가 없었다. 아니, 도대체 왜? 그분이 뭐가 아쉬워서? 얘기는 이랬다. 퇴근 후, 아파트 상가 내 편의점에서 음료수를 골라 계산대로 향하고 있었다는 것이다. 그때까지 아무런 일도 벌어지지 않았고……. 문제는 계산을 하려고 카드를 내미는 순간, 심장이 사정없이 곤두박질쳤다고 한다. 그 이유는 카드를 받았던 아르바이트 직원이 예전의 영업 팀장이었기 때문이다.

그래서 난 다시 물었다. "그럼, 그분도 혹시 너를 봤어?"라고. 그랬더니 그 팀장은 계산하기 바빠서 아마도 자신을 보지 못했을 거라고 했다. 정말이지 천만다행이라는 생각이 들었다. 세상을 살다 보니 이런 일도 있구나 싶었다. 사실 그 지인은 예전 팀장이 생각날 때마다 간간이 연락을 취했다고 한다. 하지만 휴대 전화 번호도 바뀐 상태였고, 또 같은 동네에 살고 있었는데, 이사를 했다는 소식에 한동안 잊고 지냈단다. 그런데 그분을 우리 아파트 내 상가 편의점에서 보게 된 것이다. 여하튼 그날은 지인도 무척 놀랐고, 나 역시도 많이 놀란 탓에 잠을 제대로 이루지 못했다. 그렇게 지인은 한동안 아파트 내 편의점에 얼씬거리지도 못했고, 나는 다음 날 그 편의점 안을 몰래 살피면서 지인의 말이 사실임을 확인할 수 있었다.

'빨리빨리'라는 사회적 흐름에 편승한 그 팀장은 남들보다 빨리 능력을 키운 나머지 회사에서 인정하는 인재상이 되었고, 그런 이유에서 초고속 승진을 하게 되었지만 융통성이 없다는 이유로 미움을 사 결국 회사에서 쫓겨나고 말았다. 그리고 그분이 그다음으로 간 곳은 편의점 아르바이트 자리였다. 그로부터 8년이 흐른 지금, 우리는 다른 곳으로 이사를 했고, 그분의 소식 또한 알 수가 없게 되었다. 지금도 그 기업에는 당시 말단 직원이었던 몇몇 사람들이 비록 더디긴 하지만 나름 승진을 하면서 열심히 살고 있다고 한다. 당시 느림의 미학이라는 인식이 자리 잡은 사회였다면 그 팀장도 최고의 자리에서 급하강하는 인생의 쓰디쓴 맛을 굳이 경험하지 않았을 텐데 그저 안타까울 따름이다.

Part 4

일반적 통념의 아이러니

자식 이기는 부모 있다

옛말에 '자식 이기는 부모 없다.'라는 말이 있다. 나도 결혼 전에는 엄마 말이 옳든 그렇지 않든 무조건 엄마를 이겨먹으려고 했던 기억이 난다. 지금 생각해 보면 굳이 엄마를 이겨먹어서 나에게 득이 될 것도 없었는데 말이다. 여하튼 내가 엄마를 바락바락 이겨먹으려고 할 때마다 엄마는 항상 조용히 져주곤 했다. 그땐 몰랐다. 엄마가 매번 왜 그랬는지. 세월이 흘러 나도 아이들을 키우는 엄마 입장이 되고 보니 그 당시 엄마가 왜 그랬는지 알 것 같다. 솔직히 엄마를 이겨먹으면 왠지 내가 조금 더 우월해지는 느낌? 그런 나만의 희열감이라는 게 있었다. 어떻게 보면 스스로에 대한 열등감을 가장 만만한 내 엄마에게 그런 식으로나마 보상받고자 했던 게 아닐까 싶다.

한동안 우리 가정도 남편 대 부인, 누나 대 동생의 기싸움이 아닌 부모 대 자식의 기싸움으로 냉전 상태였던 적이 있었다. 그러니까 부모의 입장에서 남편과 내가 한편인 데도 불구하고 자식 한 명을 통제하지 못했던 것이다. 물론 처음엔 내가 이기나 네가 이기나 어디 한번 해보자는 식으로 분위기가 정말 살벌했다. "이 못된 녀석이 어디 부모한테 그딴 식으로 행동을 해."라고 윽박지르면서 말이다. 그러다가 아이가 통제 불능의 상태에 이르자 우리 부부는 점점 지쳐 가기 시작했다. "너 도대체 왜 그러는 건데……. 제발, 말 좀 해봐."라고 하면서 말이다. 특히 아이의 사춘기가 극에 달하면서 우리 부부는 순한 양이 될 수밖에 없었다. "알았어. 그럼, 네가 원하는 대로 하렴. 다만, 선택은 반드시 책임이 따라야 한다."라고 하면서 말이다. 그것은 아이에 대한 믿음이 있어서가 아니라 부모와 자식 간의 관계가 틀어지는 것을 최소한으로 막기 위한 나름대로의 지혜였던 것이다. 그때 아이들은 책임은 생각하지 않은 채 오로지 자신의 의견을 부모가 받아들였다는 것에 대한 희열을 느끼곤 한다. 예전의 나처럼 말이다.

사실 아이들이 어렸을 땐 '자식 이기는 부모 없다.'라는 말이 우습게 느껴지기도 했다. 왜냐하면 엄마인 나를 절대적으로 믿고 잘 따라와 줬으니까. 그런데 아이들이 사춘기를 겪으면서 왜 이 같은 말이 나왔는지 충분히 알 것 같았다. 물론 부모가 자식을 이겨먹을 수도 있을 것이다. 다만, 이후에 발생할 수 있는 부모와 자식 간의 관계가 문제다. 나도 처음엔 무조건 자식을 이겨먹으려고 안간힘을 썼다. 왠지 자식에게 지면 자존심도 상하고, 부모의 체면 또한 서지 않을 것 같아서였다. 그래서 매번 언쟁이 생길 때마다 아이의 기를 꺾으려고 논리, 경험, 지식 따위 등을 내세워 강하게 밀어붙였지만 그때마다 아이는 더 세게, 더 거칠게 반응할 뿐이었다. 급기야는 마음의 문을 완전히 닫아버리는 상황으로까지 치달았다. 그리고 아이가 다시 마음의 문을 열기까지는 상당한 시간이 흐른 뒤였다.

아! 정말 숨이 막히듯 답답했다. 어디서부터 어떻게 풀어나가야 할지 그저 막막하기만 했다. 내가 배 아파 낳은 자식이라고 해서 결코 내 뜻대로 되는 것은 아무것도 없었다. 오히려 내 뜻대로 아이들을 이끌려고 하면 청개구리 심보, 즉 하라고 하면 더 하기 싫어지는 심리가 발동되어 정반대로 나가는 경우가 허다했다. 그때마다 한 편의 동화가 생각났다.

그 옛날, 지독히도 말을 안 듣는 청개구리 아들이 있었다. 어느 날, 죽음을 앞둔 엄마 청개구리가 그 아들 녀석에게 "내가 죽거든 강물에 묻어주길 바란다."라고 유언을 남겼다. 그 이유는 평소 너무 말을 안 듣는 아들이었기에 정반대로 강물에 묻어달라고 하면 땅에 묻어 줄까 싶어 그렇게 유언을 남긴 것이다. 그런데 아들 녀석은 엄마가 죽은 후에야 비로소 지난날을 후회하며 엄마의 유언대로 강물에 묻어 줬다. 따라서 엄마 청개구리는 강물에 떠내려가 버리고……. 결국 엄마 무덤을 흔적조차 찾을 수가 없게 된 청개구리 녀석은 비만 오면 그리운 엄마 생각에 "개굴개굴" 하며 운다고 한다.

이 얘기는 요즘 흔히 말하는 '웃프다'라는 표현이 맞을지도 모르겠다. 경험이 없는 아이들이야 단순히 웃고 넘길 수 있겠지만 자식을 키우는 부모 입장에서는 현실 속에서도 충분히 일어날 수 있는 일이기에 매우 공감이 된다. 사실 나도 자식을 낳아 키우면서 당시 내 엄마의 심정을 하나하나 이해하는 부분이 있다. 그러니까 그 당시 엄마가 나에게 매번 져 준 것도 결국 내 의견이 옳아서, 나를 믿어서가 아니라 자식과의 관계가 틀어지는 것을 최소한으로 막기 위한 나름대로의 지혜였던 것이다. 지금 생각해 보면 대부분의 아이들은 경험과 지식이 부족하기 때문에 생각의 폭도 그만큼 좁을 수밖에 없다. 따라서 어차피 성장을 통해 깨닫게 되는 부분이라면 굳이 미리 강요해서 깨닫게 할 필요는 없다는 것이다. 내 경험상, 강요는 절대로 상대방을 변화시키지 못한다.

우리 가정만 보더라도 남편과 첫째 딸아이의 경우, 어떤 주제를 놓고 의견이 자주 대립되곤 한다. 특히 중국 문화와 한류 문화에 있어서 더욱 그렇다. 남편이 생각하는 것과 아이가 생각하는 것은 당연히 차이가 있을 수밖에 없다. 거기엔 다양한 이유가 있겠지만 결국 어떻게 바라보느냐에 대한 관점의 문제이지 않을까 싶다. 그런데 남편은 자신이 바라보는 관점을 아이에게 강요하려는 경향이 있고, 아이 역시 자신이 바라보는 관점이 전부인 양 상대방의 말을 받아들이지 않는 경향이 있다. 사실 관점이란 건 시대, 경험, 지식, 생각, 가치관 등으로 인해 충분히 바뀔 수도 있는데 말이다.

언젠가 이런 일이 있었다. 모처럼 네 식구가 모여서 저녁 식사를 하려고 하는데, 그날도 남편과 첫째 딸아이의 논쟁이 서서히 불붙기 시작했다. 논쟁의 주제는 늘 그렇듯 중국 문화에 관한 것이었다. 그것은 아마도 현재 아이가 고등학교에서 중국어과를 전공하고 있기에 더더욱 첨예하게 대립하는 게 아닌가 싶었다. 여하튼 둘은 언성을 높여가며 자신의 생각이 옳다고 주장하는 상황이었다. 그러니까 밥상머리 교육이 아니라 밥상머리 논쟁이 되어버린 것이다. 따라서 밥이 입으로 들어가는지 코로 들어가는지조차 모를 일이었다. 그때 한창 사춘기로 날이 서 있는 둘째 녀석은 화를 내며 자신의 방으로 들어가 버리고……. 나 역시 그 상황에서 밥이 맛있을 리 만무했다.

그런데 그 둘의 논쟁은 끝날 기미가 전혀 보이지 않았다. 서로 간의 언성은 점점 더 높아져만 갔고, 급기야는 아이가 소리를 지르면서 눈물까지 글썽였다. 그때 남편을 향해 그만하라고 눈치를 줬는데도 불구하고 마구 덤벼드는 아이가 괘씸했는지 끝까지 아이를 이겨먹는 것이었다. 결국 아이도 분에 못 이겨 방문을 "쾅" 하고 닫아버렸다. 이후 집안에는 적막감이 감돌았고, 식탁 위에는 먹다 남은 밥과 반찬만이 덩그러니 놓여 있었다. 행복해야 할 저녁 식사 자리가 그야말로 전쟁터를 방불케 했다. 그 순간, 얼굴이 벌겋게 달아오른 남편을 바라보고 있노라니 참으로 한심하다는 생각이 들었다. 물론 내가 보기엔 남편이 아이를 이겨먹긴 했다. 그런데 곰곰이 생각해 보면 어린 자식을 이겨먹었다고 해서 과연 뭐가 남는지는 의문이다.

　여하튼 그날 소파에 멀뚱히 앉아 있는 남편의 모습이 그렇게 초라하게 보였던 적이 없었다. 자식을 이겨먹는 부모의 모습! 그리고 그다음 날, 남편은 아이에게 먼저 다가가 애교 아닌 애교를 떨고 있었다.

자녀는 부모의 뒷모습을 보고 자랄까?

　'자녀는 부모의 뒷모습을 보고 자란다.'라는 말이 있다. 아마도 대부분의 부모들은 이 말을 가슴 깊이 새기며 자녀 교육에 나름 최선을 다하고 있지 않을까 싶다. 사실 나도 두 아이의 엄마로서, 나의 뒷모습 또한 아이들에게 어떻게 비칠지 무척 궁금하다. 전해 들은 얘기인데, 어떤 아빠는 항상 자신의 서재를 열어둔 채 독서 삼매경에 빠져 있다고 한다. 게다가 아이들이 거실을 오가면서 열려 있는 문을 통해 자신의 뒷모습이 보이도록 책상 배치를 했기 때문에 아이들은 항상 아빠의 독서하는 뒷모습을 보게 된다는 것이다. 그런데 참 재미있는 건, 늘 책상 앞에 앉아 있는 게 습관인지 아니면 아이들에게 보여주기 식인지는 잘 모르겠지만 책상 앞에 앉아 꾸벅꾸벅 졸더라도 아이들 입장에서는 아빠가 늘 책을 읽는 것처럼 보인다는 사실이다. 그러니까 어떻게 보면 육아 교육에 있어서 나름 기발한 전략이기도 한 셈이다. 물론 그런 아빠의 뒷모습을 보면서 아이들도 따라 하는지는 잘 모르겠지만 말이다.

난 예전에 독서 토론 논술 교사로 일을 했었다. 물론 지금은 그 일을 그만두고 간간이 글을 쓰고 있지만 그 당시 사용했던 8인용 토론 탁자를 아직도 내 마음의 안식처로 사용하고 있다. 탁자 위에는 옷, 선풍기, 드라이기, 구멍 난 양말 등 책상과 전혀 어울리지 않는 잡다한 물건들이 점차 쌓여 가긴 하지만 한편에는 컴퓨터와 프린터기, 각종 자료들 그리고 필기도구 등이 늘 한결같이 자리를 지켜 주고 있어서 언제라도 글을 쓰고 싶으면 편안한 안식처가 되어 준다. 사실 난 꾸준하게 글을 쓰는 스타일이 못 된다. 다만, 정말 글이 잘 써질 때는 하루 종일이라도 앉아서 쓴다. 여하튼 컴퓨터 앞에 앉아서 글을 쓰고 있노라면 5시 방향쯤에서 인기척이 느껴진다. 그러니까 거기에 문이 달려 있다 보니 아이들이 왔다 갔다 할 때마다 나의 뒷모습도 아닌, 그렇다고 나의 옆모습도 아닌 어중간한 모습이 보이게 되는 것이다.

가끔씩 아이들은 엄마인 내가 뭘 그렇게 열심히 쓰고 있는지 문밖에서 곁눈질로 힐끗 컴퓨터 화면을 들여다본다. 그때마다 아이들이 봐도 괜찮겠다 싶은 내용이면 그냥 화면을 띄워놓지만 혹여 아이들 얘기를 쓰고 있으면 재빨리 화면을 내려버린다. 그러면 눈치 빠른 딸아이 같은 경우엔 내 옆에서 한참을 서성이다가 갖은 애교를 부리고 나간다. 아마도 자신의 얘기를 쓸까 봐 미리 선수를 치는 모양이다. 그리고 그 지긋지긋한 사춘기에서 아직도 헤어 나오지 못하는 둘째 녀석은 엄마가 뭘 하는지, 자신의 얘기를 쓰든지 말든지 아무 생각이 없는 듯하다. 그저 일방적으로 자신의 말만 내뱉고 나갈 뿐이다. "엄마, 배고파요.", "엄마, 7시에 깨워 주세요."라는. 방금도 둘째 녀석이 잠깐 들어왔다가 나갔는데, 로봇과 자동차가 합체된 장난감을 가지고 놀았던 옛 추억이 생각난다나 어쨌다나.

사실 부모의 뒷모습이라는 게 기준이 참 애매하다. 나는 그냥 평범한 가정주부로서 주된 일은 살림이고, 남은 시간에 글을 쓴다. 늘 그렇듯 아침에 일어나 남편 출근시키고, 청소하고, 아이들 깨워 주고, 강아지 챙겨 주고, 밥 차려 주고, 간식 챙겨 주고, 세탁기 돌리고, 빨래 널고, 빨래 개고. 장보고, 쓰레기 분리수거 등을 하고 나면 하루가 금세 지나간다. 솔직히 결혼 전에는 늘 살림만 하는 엄마의 모습이 무척 하찮게 보였다. 그런데 정작 내가 가정주부가 되고 보니 '살림살이'라는 게 이토록 중요하고, 해도 해도 끝이 없는 일이라는 걸 알게 된 것이다. 지금 생각해 보건대, 내 기억 속 엄마의 모습이 바로 내가 바라본 엄마의 뒷모습이 아닌가 싶다. 그도 그럴 것이 매번 지치고 힘들 때마다 그 옛날, 열악한 환경 속에서도 나름 최선을 다하던 엄마의 모습이 생각나니까 말이다.

인생은 돌고 돈다고 했던가! 아이들은 지금 내가 살림하는 모습을 보면서 무척 하찮다고 생각할 수도 있을 것이다. 게다가 사회적으로 성공한 엄마도 아니고, 그렇다고 남들이 부러워할 정도의 스펙이 있는 것도 아니니까 말이다. 솔직히 평소에 "엄마가 저보다 더 힘들어요?"라는 말을 자주 하는 걸 보면 가정 살림이 우스워 보이긴 한 것 같다. 예전에 나도 그랬으니까. 아마도 지금의 나처럼 아이들 역시 어른다운 어른이 되었을 때, 그때 비로소 부모의 뒷모습을 생각하며 많은 생각을 하지 않을까 싶다. 여하튼 지금의 우리 가정은 부모의 뒷모습을 보면서 아이들이 자라는 것 같지는 않다.

우선 남편은 정말 열심히 사는 스타일이다. 가정적인 데다가 부지런하고, 참 따뜻한 사람이다. 이것은 남편 자랑을 하는 게 아니라 하늘에 한 점 부끄럼 없이 있는 그대로를 얘기하는 것이다. 그리고 나 역시 요령을 피운다든지 무책임하다든지 하는 그런 파렴치한 사람은 못 된다. 그냥 하루하루 최선을 다하고, 남에게 피해를 주지 않으며 남은 인생 그저 평범하게 살고 싶은 마음뿐이다. 그런데 둘째 녀석은 그런 부모의 뒷모습을 보기나 하는 걸까? 아무리 사춘기라고는 하지만 정말 너무한다는 생각이 든다. 새벽에 나가 거의 파김치가 되어 돌아오는 아빠의 측은한 모습 그리고 가정에 최선을 다하고, 그 무엇이라도 해보려고 하는 엄마의 발버둥은 전혀 보이지 않는 듯하다. 오로지 자신의 방에서 게임에만 열중하는 걸 보면 말이다.

그나마 지금은 가족 모두 마음을 비우다 보니 그럭저럭 살 만한 집이 되었다. 사실 코로나가 발생하기 전만 해도 우리 집안은 거의 아수라장이었다고 해도 과언이 아니다. 학원 빠지는 것을 그야말로 밥 먹듯 했고, 그 와중에 친구들과의 신나는 게임은 또 무슨 염장을 지를 일인지…… 잔소리도 해보고, 혼도 내보고, 매도 대보고, 몸싸움도 해보고, 온갖 방법을 다 동원해 봤지만 결국 부모만 지쳐갈 뿐 아이는 전혀 변화가 없었다. 그래서 지금은 스스로 깨닫고 돌아올 때까지 그냥 기다려 줄 생각이다. 첫째 딸아이 역시 기나긴 방황을 끝내고 다시 돌아왔듯이, 둘째 녀석도 비록 언제가 될지는 잘 모르겠지만 분명 언젠가는 반드시 돌아오리라 믿는다.

다만, 내가 그 옛날 엄마의 뒷모습을 생각하며 지금을 살아가듯이 아이들 역시 먼 훗날 내 뒷모습을 생각하며 보다 편안하고, 행복하게 살 수 있도록 지금의 내 뒷모습에 책임을 져야겠다는 생각이 든다. 그 옛날, 내 엄마의 뒷모습은 그랬다. 어린 자식들에게 존댓말을 사용했고, 사소한 것에도 감사할 줄 아는 겸손한 마음이 있었으며, 아무리 힘이 들어도 자식들에게 이렇다 저렇다 하소연을 하지 않았다. 그냥 엄마 스스로 노래를 부르며, 자연을 사랑하며, 하느님에 의지하며 살았기에 지금까지도 자식들의 마음속에 편안한 안식처로 남아 있다. 지금은 비록 이 세상에 없지만 그런 엄마를 생각하며 나 또한 누군가에게 편안한 사람이 되고자 노력하고 있다.

부모의 뒷모습! 어떻게 보면 아이들을 키우는 부모로서 참 어려운 숙제이다. 부모도 사람인데, 자식들 앞에서 행동도 조심해야 하고, 말도 조심해야 하고……. 그렇다고 자식들에게 좋은 소리도 못 듣는 게 부모가 아닐까 싶다. 내가 어렸을 때, 엄마가 하는 얘기들은 다 우습게 들리곤 했는데, 지금 생각해 보면 어쩜 그 말들이 다 옳은 얘기들이었는지 새삼 깨닫게 된다. 그러니까 부모의 뒷모습은 그 자식들이 어른다운 어른이 되었을 때, 그때 비로소 깨닫게 되는 삶의 이정표인 것이다.

미운 놈 떡 하나 덜 준다

우리 옛 속담에 '미운 놈 떡 하나 더 준다.'라는 말이 있다. 이 말은 곧 미운 사람에게 떡 하나라도 더 줘야 그나마 좋은 관계가 유지될 수 있다는 말일 게다. 그런데 이 속담이 우리네 삶 속에서 그대로 적용되는 것만은 아니다. 사실 우리는 신도 아니요, 도 닦은 스님도 아니요, 그저 험한 세상 속에서 나름 최선을 다하며 살아가는 평범한 인간일 뿐이다. 또 다른 예로 "누군가 뺨을 때리면 다른 쪽 뺨도 내어 줘라.", "네 원수를 사랑하라."라는 예수님의 말씀 역시 우리 인간에게 있어서는 도저히 와 닿지 않는 말이다. 솔직히 내 평생, 이 말씀을 몸소 실천하는 사람들을 본 적이 없다. 다만, 상대방의 몰상식한 말과 행동으로 인해 상처를 받았더라도 그냥 참거나 스스로 치유하는 게 가장 최선의 방법일 뿐, 굳이 그 상대방에게 떡 하나 더 주지는 않을 것이다. 글쎄, 모르겠다. 상대방이 그런 마음을 알고, 뭔가 달라지면 떡 하나, 아니 그 이상도 줄 수 있을지.

사람들의 심리를 보면 자신에게 만만한 사람이 그 무언가를 해줄 경우, 당연하게 받아들이는 것은 물론 더 바라는 경우도 있다. 게다가 어떤 사람은 거기에서 그치지 않고, 끊임없이 불만을 토로하기도 한다. 그렇다면, 곰곰이 한번 생각해 보자. 그런 상황에서 누가 기분이 좋겠으며, 또 더 잘해 주고 싶은 생각이 들겠는지. 아마도 괘씸한 마음에 해준 것을 다시 물리고 싶은 마음까지 들지 않을까 싶다. 그러니 상식적으로 '미운 놈 떡 하나 더 준다.'라는 말은 미운 놈이 그 떡을 먹고 그나마 예쁜 놈으로 바뀔 조짐이 보일 때나 가능한 일이 아닐까? 물론 상대방에게 그 무언가를 베풀었을 때, 그 고마움을 알고 표현하는 사람들도 적지 않다. 중요한 건, 아무리 상대방이 하찮고, 만만해도 그 무언가를 받았을 때는 고마움의 표시는 기본이다. 그런데 그 기본조차 없는 사람들이 의외로 많다는 사실이다.

언젠가 친한 지인이 자신의 아버지가 원망스럽다며 이런 얘기를 꺼내놓은 적이 있었다. 그러니까 자신의 언니가 홀로 사는 아버지를 위해 이것저것 많은 것을 챙기는 스타일인데, 한 번은 아버지가 언니가 없을 때 넌지시 이런 얘기를 했다고 한다. "네 언니가 나한테 해주는 게 뭣이 그리 대단하냐. 그것은 아무것도 아니다."라고. 그때 지인은 깜짝 놀랐다고 한다. 그나마 자신은 바쁘다는 핑계로 밥만 사는 정도고, 자신의 언니는 그래도 몇 가지 반찬과 다양한 먹거리를 챙겨서 푸짐하게 준비를 해주는데, 그런 얘기를 한다는 게 너무도 당황스러웠다고 한다. 그래서 곧바로 "아버지, 언니처럼 저렇게 꼬박꼬박 챙겨주는 게 그리 쉽지만은 않은 일이에요. 저는 바빠서 그렇게도 못하는데……."라고 얘기했다고 한다.

게다가 그 지인은 시댁과 아주 가까이에 있어서 1주일에 한 번 시어머니를 초대해 식사 대접을 했다고 한다. 그런데 그 시어머니는 며느리가 만만해서인지 매번 식사 자리에서 불평, 불만을 늘어놓았다는 것이다. 그 이유는 반찬을 사서 먹는다느니, 국이 너무 싱겁다느니, 쌀이 너무 입에서 겉돈다느니 하는 것이었다. 처음엔 그냥 그러려니 했는데 시간이 지나면서 점차 분노가 쌓이기 시작했고, 결국 식사 대접은 물론 시어머니를 향한 마음의 문까지 다 달아버렸다고 한다. 사실 그 지인은 1주일에 한 번씩 나름 최선을 다해서 정성껏 상을 차렸다고 하는데, 거기에다 대고 온갖 불평, 불만을 늘어놓았으니 그 누가 밑 빠진 독에 물을 끝까지 부으려고 하겠는가!

따라서 그 지인은 더 이상 자신을 지치게 하는 일을 안 하기로 마음먹고, 지금은 그냥 나가서 사 먹는다고 한다. 물론 처음엔 시어머니도 서운했겠지만 지금은 나가서 먹는 게 당연한 일이 되었고, 그 지인 또한 마음의 행복을 찾아가면서 오히려 시어머니를 향한 미운 감정이 사라졌다고 한다. 그러니까 미운 놈 떡 하나 더 주기보다는 덜 줌으로써 오히려 상대방의 기대치를 떨어뜨려 집착으로부터 벗어나게끔 만드는 것이다. 그러다 보면 언젠가는 그 집착에 대한 원망 또한 사라져 서로가 편안한 관계로 발전할 수 있지 않을까 싶다. 우리 옛 사자성어에 '과유불급'이라는 말이 있다. '지나친 것은 미치지 못한 것과 같다.'라는 뜻이다. 이처럼 인간관계에 있어서도 미우면 미운만큼의 대접을 해줘야만 상대방도 그것을 깨닫고, 더 이상의 불합리한 행동을 하지 않게 된다는 것이다. 물론 다 그렇지는 않겠지만 말이다.

사실 나도 한 가정을 꾸려 나가는 입장에서 우리 가족 이외에 또다른 사람들을 챙긴다는 게 그리 쉽지만은 않다. 어떤 때는 내 가족, 아니 나 하나 건사하기도 힘들 때가 있으니까 말이다. 마찬가지로 그 지인이나 그 지인의 언니 또한 그러한 여건 속에서도 아버지나 시어머니를 챙겨 주고자 갖은 노력을 다했는데, 오히려 불평, 불만을 늘어놓는다니 제삼자인 나로서도 화가 치밀어 오른다. 그럼, 그런 사람들은 도대체 어디까지 해줘야 만족을 할 수 있는 것일까? 솔직히 베푸는 입장에서는 밑 빠진 독에 물 붓는 것처럼 아무리 채워도 채워지지 않는 항아리 때문에 지치고 힘이 들 수밖에 없다. 그리고 결국엔 빈 항아리를 보면서 원망만 남는 것이다. 그러니 그 미운 마음에 어떻게 떡 하나 더 줄 수가 있겠는가!

그래서 나도 그렇게 생각한다. 미운 놈 떡 하나 덜 주기로. 참 이상한 게, 사람들은 그 무언가를 베풀었을 때 보답은 고사하고 고마움의 표시라도 해주면 좋을 텐데, 오히려 툴툴거리며 그 이상의 것을 바랄 때가 있다. 물론 그런 경우는 편한 관계, 특히 가족 간의 관계에서 더욱 그렇다. 예를 들어 누구나 다 들어본 고급 메이커 옷을 사주기라도 하면 그다음엔 그 메이커보다 더 비싼 메이커를 찾는다는 것이다. 그리고 만약 그 요구를 들어주지 않으면 온갖 원망과 탓이 돌아오기도 한다. 따라서 해주는 입장에서는 당연히 "헉" 소리가 날 정도로 부담감이 커지고, '괜히 사 줬나?' 하는 후회감이 밀려올 수밖에 없다. 사실상 매번 그 이상의 것을 해주는 것도 한두 번이지 자칫 가정 경제에 큰 타격이 가해질 수도 있다는 생각에 불안감마저 뒤따르곤 한다.

나도 가뜩이나 사춘기로 인해 말과 행동까지 밉게 하는 둘째 녀석

166

이 매번 부담스러운 요구를 해 와서 한때는 무척 힘들었던 때가 있었다. 그나마 말투라도 고분고분하면 무슨 수를 써서라도 해주고 싶겠지만 그것도 아니니 얼마나 속이 부글부글 끓었겠는가! 사실 그런 사춘기 아이의 요구를 거절했을 때는 집안 분위기 또한 살벌해져서 마지못해 들어주는 경우도 꽤 있었다. 그렇다고 행복해하거나 감사해하지도 않는다. 그냥 잠시 불평, 불만만 수그러들 뿐, 이후 또다시 시작이다. 그러니 베푸는 사람의 입장에서는 정말이지 지치고, 힘든 일이 아닐 수 없다. 그래서 난 생각을 달리 했다. 일종의 거래를 하기로 말이다. 그러니까 부담스러운 그 무언가를 요구했을 때, 곧바로 들어준다거나 아니면 티격태격 신경전을 벌이느니 매달 주는 용돈에서 차감하는 식으로 요구 사항을 들어주는 것이다. 그러다 보니 서로가 기분 상하지 않는 선에서 아이는 아이 나름대로 용돈 일부를 담보로 원하는 것을 얻게 되고, 나 또한 경제적, 정신적으로 남는 장사를 하는 셈이다.

어찌 됐든 미운 놈 떡 하나 더 주다가 어느 순간 그 미운 놈이 분노의 대상이 되어 결국 최악의 상황으로까지 치닫는 경우가 많다. 사람은 신이 아니다. 누군가 뺨을 때리면 다른 쪽 뺨도 내어 줄 수 있는, 원수를 사랑할 수 있는 그런 사람은 아무도 없다. 다만, 내 마음이 행복해야 다른 사람에게도 그 행복이 전해질 수 있기에 상대방의 몰상식한 말과 행동에 과감히 브레이크를 걸 수 있는 용기가 필요하다. 그러니까 미운 놈 떡 하나 더 줌으로써 내가 지치고 힘들다면 그다음엔 아예 안 주면 되는 것이다. 그러면 언젠가는 상대방도 그동안 당연하게 여겼던 떡 하나를 그리워하며 감사할 줄 아는 마음을 갖게 되지 않을까?

마음은 진실해진다
몸이 멀어지면

　갑상선 정기 검진을 받으러 병원으로 향하는 길이었다. 그 병원은 지하철로 약 1시간 정도 소요되는데, 그 과정에서 내 마음을 사로잡는 문구가 하나 있었다. '지금 혼자가 되지 않으면 영영 혼자가 될 수도 있습니다.'라는. 시기가 시기인 만큼 서로 간의 거리두기를 해야 하는 상황에서 이 문구는 강렬한 메시지를 전달하기에 충분했다. 사실상 지금까지의 코로나 감염 추이를 보더라도 최고의 수준인 거리두기 3단계를 코앞에 두고 있는 게 현실이다. 그런데 그 와중에 교회의 집단 감염은 물론 노래방, 클럽, 목욕탕, 스케이트장 등에서의 수많은 인파라니……. 게다가 거리두기가 조금 느슨한 지방으로의 이동은 또 무엇인지 대한민국 국민의 한 사람으로서 참 많은 생각이 든다. 하기야 몇 안 되는 내 가족도 통제가 잘 안 되는데, 국민 모두를 어떻게 다 통제하겠는가! 그래도 이 지옥 같은 코로나 시대를 하루라도 빨리 벗어나려면 우리 모두가 한마음이 되어 똘똘 뭉쳐야 하지 않을까 싶다.

이제 집콕 생활을 한 지도 거의 1년이 다 되어간다. 물론 거리두기가 다소 완화될 때는 가끔 외식도 하고, 지인들과 카페에서 수다도 떨고, 아이들이 등교할 때는 잠깐이나마 혼자만의 자유도 누리곤 했다. 그런데 지금 같아선 오히려 나가는 게 더 귀찮을 정도다. 솔직히 이 시국에 외출도 그다지 재미가 없다. 게다가 아이러니하게도 아이들의 스트레스가 크게 줄었다는 사실이다. 왜냐하면 매일같이 가야 하는 학교, 학원에 대한 압박감과 복잡한 친구 문제, 그리고 경쟁 심리 등이 멈춰 있기 때문이다. 그러다 보니 엄마인 나도 솔직히 편한 부분은 있다. 아이들의 짜증으로부터 벗어날 수 있는 절호의 기회일 테니까 말이다. 여하튼 이번 코로나 시대가 우리에게 가져다준 득과 실은 분명히 있었다.

요즘 거리를 나가 보면 너무도 조용하다. 매번 문전성시를 이룰 정도로 장사가 잘되던 가게들도 입구부터 적막감이 감돌고, 하루가 다르게 폐업하는 가게들은 또 왜 그리도 많은지……. 예전, 한창 손님들로 북적였던 그 상가들은 다 어디로 가고, 지금은 횡한 상가들만 자리를 지키고 있을 뿐이다. '임대'라는 안내문과 함께. 마음이 참 아프다. 희망차게 아침을 열던 그분들은 지금 다들 어디에 있을까? 부디 희망의 끈을 놓지 말고, 이 시기를 잘 버텨주기를 바랄 뿐이다. 아마도 거리두기 격상으로 인해 생계조차 막막한 사람들이 상당히 많을 거란 생각이 든다. 그래서 국민 모두가 힘을 합해 하루라도 빨리 이 시국을 벗어나지 않으면 안 된다. 그리고 이 시기를 잘 버텨낼 수 있도록 정부의 적극적인 대책 마련 또한 시급하다. 이처럼 코로나 시대에 가장 심각한 문제라고 할 수 있는 건 단연코 경제적인 부분이다. 특히 누군가에게는 가장 기본적인 생계유지조차 힘든 상황일 테니까 말이다.

반면 코로나로 인해 좋은 점도 있었다고 한다. 그것은 다름 아닌 인간관계이다. 그동안 사람 때문에 상처를 받고, 사람 때문에 힘들고, 사람 때문에 지친 부분이 거리두기를 통해 저절로 선이 그어지고, 정리가 되면서 오히려 마음이 편안해졌다는 사람들도 꽤 있다. 사실 코로나 이전에는 대부분의 사람들이 다양한 모임으로 인해 꽤 바쁘게 살지 않았을까 싶다. 물론 지금도 그러한 오프라인 모임을 각종 온라인 모임이나 줌으로 대체하는 경우가 많이 있을 것이다. 다만, 어떤 사람들은 이 기회를 통해 다소 꺼려졌던 오프라인 모임에서 슬쩍 발을 빼는 경우도 있다고 한다. 그러니까 비대면 사회가 끝이 나고, 다시 대면 사회로 돌아올 때를 대비해 지금부터 불필요한 모임이나 관계 걸러내는 작업을 한다는 것이다.

　어떤 지인은 이번 코로나를 통해 잠시나마 마음의 평안함을 찾았던 것 중의 하나가 명절 증후군으로부터 벗어날 수 있었다는 것이다. 그동안 관계가 썩 좋지 않았던 시댁 식구들과의 비대면으로 인해 그나마 쌓인 분노가 다소 누그러졌다는 얘기도 서슴지 않았다. 솔직히 나도 같은 며느리 입장에서 공감하는 부분이 크다. 분명, 지금 시대는 21세기 최첨단 시대인데, 시댁과의 관계에 있어서는 아직도 그 옛날, 조선 시대에 머물러 있다는 게 참 아이러니하다. 장남, 장손, 큰며느리, 제사……. 내 남편은 장남이다. 그래서 나는 저절로 큰며느리가 되었고, 둘째 자녀인 아들 역시 저절로 장손이 되었다. 사실 어느 시점까지 남편과 난 장남과 큰며느리라는 감투를 쓴 채 압박감을 상당히 많이 느끼면서 살아왔다. 그래서 둘째 녀석에게는 절대로 그러한 압박감을 주지 않기로 마음먹은 상태다. 물론 둘째 녀석은 부모가 장남이라는 감투를 씌운다고 해서 고분고분하게 받아들일 그런 착한 자식도 못 된다.

　혹독한 코로나 시대를 살고 있는 지금, 자칫 생계도 막막해질 수 있는 상황에서 어떤 지인은 이런 일을 겪었다고 한다. 어느 날, 제삿날이 다가오는 시점에서 시어머니가 그 지인에게 제사를 떠넘기려고 했다는 것이다. 가뜩이나 그동안 시댁 문제로 인해 스트레스가 쌓여 있었던 데다가 코로나 사태도 벌어지고……. 제사 문제까지 거론하는 시어머니를 도저히 납득할 수 없었다고 한다. 그래도 지금까지는 불쑥불쑥 올라오는 감정을 꾹꾹 눌러 가며 참아왔는데, 이번만큼은 참을 수가 없어서 시어머니를 향해 한마디 쏘아붙였다는 것이다. "어머니는 제게 물려주실 거라곤 오직 제사밖에 없으신가요?"라고.

　제사의 의미가 무엇인지 한번 생각해 봤다. 아마 돌아가신 조상님들도 후손들에게 바라는 게 있다면 자신이 먹을 밥상을 서로 싸우면서까지 챙기기보다는 소박한 밥상, 아니 안 먹어도 괜찮으니 후손들이 서로 사이좋게 잘 지내기를 바랄 것이다. 나도 가끔씩 생각한다. 내가 죽기 전에 자식들에게 무엇을 남길 것인지. 난 아마도 나로 말미암아 자식들이 싸울 수 있는 소지들을 다 차단하지 않을까 싶다. 왜냐하면 조상이 남기고 간 불합리한 일이 후손들에게 얼마나 많은 영향을 미치는지 뼈저리게 느꼈기 때문이다. 실제로도 제사 문제로 인해 가족 관계가 깨졌다는 얘기를 수없이 들은 바 있다. 그래서인지 허례허식과 형식 위주의 제사 문화는 왠지 거부감이 생긴다. 정작 중요한 건, 보이기 위한 겉치레가 아닌 진정한 마음이 아닐까 싶다.

우리 옛말에 '몸이 멀어지면 마음도 멀어진다.'라는 말이 있다. 그런데 난 그렇게 생각하지 않는다. 예를 들어 나무 하나를 보더라도 가까이서 바라보면 어느 한 부분만 보이지만 멀리서 바라보면 나무의 전체적인 모습이 보이게 된다. 마찬가지로 어떤 사람이든, 어떤 문제든 간에 가까이서 바라보면 어느 단면만 보이지만 멀리서 바라보면 보다 객관적으로 바라볼 수 있다는 것이다. 그래서일까? 요즘 주변 지인들의 얘기를 들어 보면 이번 코로나를 계기로 일정 거리두기를 해서인지 불필요한 것들이 나름 정리됐다고 한다. 그것은 대부분 기존의 불필요한 인간관계 그리고 기존의 불합리한 문제들로 결국 진실된 부분만이 삶의 가치로 남았다는 것이다.

나 역시 이번 코로나를 통해서 나를 둘러싼 모든 사람들 그리고 나를 둘러싼 모든 일을 다시 한번 되돌아볼 수 있는 좋은 기회를 맞았다. 거리두기로 인해 비록 몸은 멀게 느껴졌을지 몰라도 마음은 오히려 모든 불필요한 거품이 싹 빠져나간 듯 홀가분하고 맑아지는 느낌이었다. 중요한 건, 반드시 함께해야만 의미 있고, 가치 있는 것은 아니라는 것이다. 비록 몸은 떨어져 있어도 내 마음속에 그 누군가가 생각나고, 그립고, 행복하고, 또 그 누군가로부터 힘을 얻을 수 있다면 결코 인간관계는 수치적 거리와는 아무런 상관이 없다. 늘 가까이에 있어도 마음은 오히려 부담스러운 경우가 있으니까 말이다.

기쁨은 올라간다

기대치가 내려가면

인생을 살다 보면 그 무언가에 잔뜩 기대를 걸고 있다가 그 기대가 한순간에 무너지는 순간, 크나큰 실망으로 이어지는 경우가 종종 있다. 그런 실망감은 나 자신은 물론 주변 사람들에게까지 영향을 미쳐 서로 상처가 되기도 하고, 급기야는 스스로에 대한 자괴감으로, 상대방을 향한 원망으로 나타나기도 한다. 그러니까 그 무언가를 바라는 마음이 곧 기대로 이어지고, 그러한 기대는 스스로에게 '집착'이라는 마음의 족쇄를 채워 결국 '분노'라는 무서운 감정으로 폭발하게 된다는 것이다. 그런데 사실 그러한 기대가 혼자만의 문제로 끝나면 다행인데, 상대방이나 여러 사람들에게 정신적인 고통은 물론 모든 관계를 파멸로 이끈다는 데 더 큰 문제가 있다.

대부분 기대치는 스스로를 향한 것도 있지만 가까운 가족이나 지인에게 향하는 경우가 많다. 물론 그 밖에도 직장에서든 각종 모임에서든 집단 이익이나 개인 이익을 위해 한껏 기대를 걸기도 한다. 그리고 어느 순간, 그 '기대'라는 것은 결국 '만족'이라는 게 없음을 깨닫게 된다. 예를 들어 그 무언가에 기대를 걸었는데, 그게 기대한 만큼의 성과를 보인다면 계속해서 그 이상의 것을 기대하게 된다는 것이다. 그렇다면 그 기대의 끝은 어디이며, 그에 따른 만족 또한 어디까지일까? 곰곰이 한번 생각해 봤다. 만족함이 없는 삶이란 어떤 삶인지. 왠지 숨이 막힐 것 같다. 늘 부족하고, 늘 여유가 없고, 늘 노력해야 하고, 늘 채워지지 않는 불만족으로 인해 삶이 철저하게 피폐되지 않을까 싶다.

한 예로, 첫째 딸아이에 대한 기대치가 가히 하늘을 치르던 적이 있었다. 한마디로 착하고 공부도 잘하니까 그에 따른 기대치로 인해 욕심이 제어되지 않고, 마음은 늘 채워지지 않는 공허함으로 가득 차 있었던 것이다. 따라서 아이는 아이 나름대로 지쳐 가고, 그런 엄마의 모습에 한계를 느꼈는지 결국 사춘기 때 엄청난 분노를 쏟아내고 말았다. 어떻게 보면 '기대'란 상대방에 대한 믿음에서부터 출발하기도 하지만 결국 끝이 없는 욕심으로 인해 서로 간의 관계가 완전히 틀어지는 최악의 결과를 초래하기도 한다. 나도 첫째 딸아이가 사춘기 때 완전히 돌변하는 모습을 보고 충격을 받았다. 그나마 나는 스스로를 성찰하면서 끊임없이 나를 변화시켜 나갔기에 지금 아이와도 좋은 관계를 유지해 나가는 게 아닌가 싶다.

그 당시 나는 가정이 파괴되는 것을 막기 위해서라도 아이에 대한 집착을 완전히 내려놓아야만 했다. 사춘기 아이에게 기대를 한다는 것은 마치 기름에 불을 붙이는 것과 같았기 때문이다. 따라서 난 아이를 향한 기대치를 완전히 내려놓은 상태에서 다시 시작해야만 했고, 결과적으로 서로 간의 관계 회복에 있어서는 빠른 회복세를 보이기도 했다. 이는 곧, 기대를 안 하면 실망할 일이 없기 때문에 관계 또한 나빠질 일이 없다는 뜻이다. 그리고 서로 간의 관계가 좋아지면 굳이 기대를 안 해도 상대방은 기대 이상의 것을 해내려고 노력한다는 사실이다. 물론 다 그렇지는 않겠지만 말이다. 게다가 중요한 건, 기대치가 없다 보니 내 마음이 편안해지고, 기대를 안 한 상태에서 상대방이 기대 이상의 것을 했을 경우엔 오히려 그 기쁨은 배가 된다는 것이다.

그 예로 이번엔 둘째 녀석의 얘기를 하고자 한다. 첫째 딸아이를 향한 기대치와는 달리 중학교를 다니는 둘째 녀석에게는 애초부터 기대를 다 내려놓고 시작해야만 했다. 물론 첫째 딸아이와의 관계에서 깨우친 것을 적용시키고자 한 부분도 있었지만 중학생 아들은 그야말로 딴 세상에 있는 사람처럼 느껴지곤 했다. 서로 간의 관계에 있어서 완전히 불통이라고 하면 맞을는지……. 아예 옆집 아들 보듯 하지 않으면 화병에 걸려 제 명에 못 살 것만 같았다. 따라서 기대를 '0'으로 내려놓은 상태에서 아이를 대하곤 했다. 물론 엄마로서 이래도 되나 싶었지만 달리 뾰족한 방법이 없었다. 기대 '0'에서 '1'로 조금만 올라가도 간섭한다면서 무척이나 싫어했으니까 말이다.

그렇게 둘째 녀석은 중1, 중2를 거쳐 지금은 고등학생을 바로 목전에 두고 있는 중3이 되었다. 흔히들 중3이 되고 찬바람이 불기 시작하면 정신이 바짝 든다고들 하는데, 어찌 됐든 아직은 그 시기가 아니니 서로 간의 관계라도 틀어지지 않도록 조심해야겠다는 생각이 든다. 사실 아이는 아직도 사춘기에서 벗어날 기미가 전혀 보이질 않는다. 물론 사춘기 수위가 가장 높았던 중1 때보다는 조금 누그러지긴 했지만 그래도 날카롭기는 매한가지다. 그래서 되도록 아이의 신경을 건드리지 않기 위해 말을 최대한 아끼고 있다. 솔직히 첫째 딸아이의 사춘기와 맞닥뜨렸을 땐 마음을 내려놓겠다고 수차례 다짐을 했지만 처음엔 그리 쉽지만은 않았다. 그러니까 단지 노력만 하고 있었을 뿐, 마음을 다스릴 수 있는 능력은 아직 갖추어지지 않았던 것이다.

그런데 둘째 녀석을 대할 때는 경험에 의한 노하우가 생겨서인지 아니면 완전히 지쳐서인지는 잘 모르겠지만 딱히 기대가 없었다. 그러다 보니 마음 편하게 내 일도 할 수 있었고, 시험 기간임에도 불구하고 아이가 공부를 열심히 안 해도 전혀 불안하거나 초조하지 않았다. 예컨대, 시험 기간을 바로 눈앞에 두고도 공부는 뒤로 한 채 게임에만 열중하는 자식, 그리고 그런 자식을 바라보는 부모를 한번 생각해 보았는가! 솔직히 지금으로선 그 무엇을 해도 아무런 소용이 없기 때문에 어떻게 보면 마음이라도 편하게 있고 싶었던 게 컸다. 여하튼 아이를 향한 기대치를 완전히 내려놓은 상태에서 아이 역시 편안한 마음으로 5일간의 긴 시험 기간에 돌입했다.

사실상 코로나로 인한 집콕 생활에다가 약 1년 동안 학원도 쉬었고, 중2 사춘기에, 시험을 바로 눈앞에 두고도 게임에만 열중하는 둘째 녀석에게 당연히 시험 점수에 대한 기대는 있을 수 없는 일이었다. 그렇게 첫 시험이 시작되었고, 거리두기로 인해 하루에 두 과목씩, 5일에 걸쳐 드디어 시험이 끝이 났다. 정말이지 아무런 기대도 하지 않았다. 결과 역시 궁금하지 않았다. 그런데 이게 웬일인가! 생각했던 것보다 점수가 훨씬 높게 나온 것이다. 도대체 이게 무슨 일인가 싶어 어안이 벙벙하기도 했지만 그래도 기대를 전혀 안 한 탓인지 부모로서 그 기쁨은 굉장히 컸다. 그때 알았다. 기대치가 내려가면 반대로 기쁨은 올라간다는 사실을.

　기대한다는 것! 물론 기대한 만큼 만족함을 얻을 수도 있겠지만 세상은 그렇게 내가 기대한 만큼의 만족을 주지는 않는다. 기대는 결국 스스로에게나 상대방에게 부담을 주게 되어 있고, 그 기대에 못 미칠 경우엔 실망을 하게 되고, 그러한 실망은 곧 원망으로 바뀌어 서로 간의 관계에 찬물을 끼얹기도 한다. 그래서 난 "기대할게요."라는 말을 별로 좋아하지 않는다. 물론 기대한다는 말엔 상대방에 대한 믿음이 전제되어 있긴 하지만 그렇다고 그 상대방의 마음을 어떻게 들여다볼 수 있겠는가! 그토록 믿었던 사람이 자신감 넘쳐 보이는 겉모습과는 달리 마음은 또 그게 전혀 아닐 수도 있는데 말이다.

　어찌 됐건 모든 인간관계는 서로 간에 있어서 부담이 없을 때 좋은 관계로 발전해 나갈 수 있는 게 아닌가 싶다. 따라서 상대방에게 부담을 줄 수 있는 과한 기대나 쓸데없는 기대는 가능한 한 자제하는 것이 그나마 좋은 관계를 유지해 나가는 비결이 아닐까 생각한다. 상대방을 향한 부담스러운 기대보다는 그냥 옆에서 묵묵히 지켜봐 주는 편안함! 그게 바로 상대방에게 있어서는 보이지 않는 커다란 힘이 아닐까?

새빨간 거짓말쟁이 정직한 엄마는

　운전을 하다 보면 차창 문틈 사이로 담배꽁초를 "휙" 하고 투척하는 경우가 종종 있다. 물론 나를 향해 내던진 것은 아니겠지만 그래도 그 몰상식한 행동을 보고 있노라면 불쾌하기 짝이 없다. 당장 쫓아가서 그 사람의 낯짝이라도 한번 봤으면 싶지만 차창은 새까맣게 선팅되어 있어 안을 전혀 들여다볼 수도 없다. 물론 이 같은 일은 우리네 일상 속에서 흔하게 접할 수 있는 부분은 아니다. 그만큼 깨끗한 거리를 만들고자 하는 사람들의 인식이 뿌리 박혀 있다는 것일 게다. 각 나라를 여행하고 돌아온 지인들의 얘기를 들어 봐도 도심 곳곳이라든지 공중 시설 등이 한국처럼 깨끗한 나라는 본 적이 없다고 한다. 정말이지 기분 좋은 일이 아닐 수 없다.

그런데 1970년대만 해도 길거리에는 동물들의 배설물, 씹다 버린 껌, 다 먹은 과자 봉지, 신문지 등 온갖 쓰레기가 난무했고, 그런 환경에 대한 사람들의 인식 자체도 그저 당연한 거였다. 심지어는 이곳저곳에 노상방뇨하는 사람, 침 뱉는 사람, 코 푸는 사람 등등 지금으로선 절대 용납이 되지 않는 무례한 사람들도 참 많았는데. 그땐 그런 모습이 하나도 이상하지 않았다. 그 당시 난 초등학생으로서, 어른들의 그러한 행동을 보면서 자라온 세대이다. 깨끗함에 대한 인식이 부족했던 그 시절, 그 먼 기억 속의 나의 엄마는 달라도 참 많이 달랐다. 외출 후 집에 오면 손에는 늘 쓰레기가 쥐어져 있었다. 아마도 길을 걷다가 주변에 나뒹구는 쓰레기가 있으면 그 즉시 주워서 집으로 가져왔던 것 같다. 그리고는 우리 집 쓰레기통에다가 죄다 갖다 버리곤 했다.

사실 그 당시만 해도 엄마의 그런 행동은 밑 빠진 독에 물 붓기나 다름없었다. 그도 그럴 것이 그 당시 사람들의 인식 자체가 길거리에 있는 쓰레기를 줍는다는 것보다는 길거리에다가 쓰레기를 버리는 게 더 당연시되었던 시절이었으니까 말이다. 따라서 넘쳐나는 쓰레기로 인해 이후 여러 가지 정책이 쏟아져 나왔고, 결국 지금에 이르게 된 것이다. 그러니까 우리가 사는 이 환경은 그냥 하루아침에 이루어진 것이 아니라 약 40여 년이라는 긴 세월 속에서 점차 변화되어 왔다는 것이다. 여하튼 나의 엄마는 자식들에게 쓰레기를 함부로 버리지 말고, 만약 버렸으면 다시 줍도록 항상 교육을 시켜 왔다. 물론 그 당시로서는 엄마의 그런 행동이 몹시 귀찮게 느껴졌지만 지금 생각해 보니 정말 바르고 정직한 분이었다는 생각이 든다.

우리 형제들은 지금까지도 그런 엄마의 모습을 그리며 살아가고 있다. 솔직히 어릴 때는 엄마에 대해서 딱히 정의 내릴 수가 없었다. 하지만 진정한 어른으로 성장하면서 그때 우리 형제들이 공통적으로 느끼는 엄마의 모습이 있었다. 그건 바로 정직하고 바른 엄마였다. 그런데 그런 엄마가 자식들에게 새빨간 거짓말을 하면서 살아왔다. 그 사실은 내가 결혼을 하고, 아이를 낳아 키우면서 드러나기 시작했다. 나의 어린 시절, 엄마는 늘 먹고 싶었던 게 딱히 없었다. 그 당시만 해도 먹거리가 풍요롭지 않았던 시절이라서 제과점 빵이라든지 아이스크림이라든지 과자라든지 흔하게 먹을 수가 없었다.

지금도 시중에는 '누가바'라는 아이스크림이 판매되고 있다. 그런데 40여 년 전에도 누가바는 있었다. 그러고 보면 그 역사도 참 오래되었다. 여하튼 특별한 날이면 그 아이스크림을 먹곤 했는데, 그때마다 엄마는 "난 안 먹어도 되니까 너희들이나 맛있게 먹으렴." 하며 미소를 지어 보이곤 했다. 또한 빵이든 과자도 마찬가지였다. 사실 그 당시로서는 밥 빼고 이러한 음식은 자주 먹을 수 있는 음식이 아니었기에 분명 먹고 싶기도 할 텐데, 엄마는 그런 음식 앞에서 한사코 손을 내저었다. 난 그때마다 생각했다. '엄마는 참 이상해. 왜 먹고 싶은 게 없는 거지?'라고.

그런 생각은 매끼 밥을 먹을 때도 마찬가지였다. 자식들에게 밥을 수북이 다 퍼주고, 정작 당신의 밥을 풀 때는 밥통의 바닥까지 박박 긁어도 반 그릇 정도밖에 채워지지 않을 때가 종종 있었다. 그때마다 "어! 엄마 밥은 별로 없네?"라는 자식들의 걱정 어린 말에 엄마는 늘 "내 걱정은 하지 말고 너희들이나 어서 먹으렴." 하고 안도의 답변을 해주곤 했다. 게다가 밥은 고사하고 우리들이 먹고 남긴 반찬으로 그 반 그릇 정도의 밥을 해결하는 게 다반사였다. 지금 생각해봐도 그 정도의 식사량으로 남편 뒷바라지에, 세 자녀 양육에, 집안 살림까지 어떻게 하루하루를 살아냈을까 싶다.

그땐 몰랐다. 엄마가 새빨간 거짓말을 하고 있었는지……. 엄마가 세상을 떠난 지 벌써 6년이 넘어서고 있는 지금, 난 중학교 2학년, 고등학교 1학년 남매를 키우는 엄마가 되어 있다. 지금껏 아이들을 키우면서 가장 자부할 수 있었던 것 중의 하나를 꼽으라면 단연코 단 한 번도 아이들의 배를 곯지 않게 했다는 것이다. 그러니까 이 말은 바꾸어 말해서 아이들이 배고프지 않도록 늘 신경을 썼다는 말일 수도 있다. 그것은 음식, 특히 '밥'이라는 게 삶에 있어서 얼마나 중요한지를 이미 깨닫고 있었기 때문이다. 단지 배를 채우기 위한 수단이 아닌 따뜻한 영혼을 위한 양식으로서 말이다. 게다가 내 아이들이 무엇이든 맛있게 먹고 건강하게 잘 살아간다면 그것만으로도 엄마라는 사람은 배가 불렀다.

그런데 엄마도 사람이다. 때때로 아이들이 값비싸고 맛있는 음식을 먹고 있으면 나도 먹고 싶다. 그렇다고 엄마라는 존재가 값비싼 음식을 마음껏 먹을 수 있는 입장도 아니다. 가장 먼저 남편과 아이들을 챙기고 엄마는 항상 마지막이다. 따라서 엄마라는 존재는 없으면 그냥 못 먹고 마는 것이다. 그러다 보니 남편은 그런 부인이 안쓰러운 나머지 특별한 음식을 사 와서 몰래 숨겨 두고 먹으라고 하고, 아이들 몰래 그럴싸한 외식을 시켜 주는 경우도 있다. 나도 종종 그랬으니까 말이다. 여하튼 나도 엄마가 되고 보니 맛있는 게 있으면 가장 먼저 아이들부터 챙기게 되고, 내 몫까지 돌아오지 못할 경우엔 그냥 "엄마는 괜찮으니까 너희들이나 많이 먹어."라는 말부터 나오게 된다. 하지만 솔직히 괜찮지만은 않다. 나도 먹고 싶은 마음은 간절하니까.

지금에서야 비로소 그 당시 엄마의 말이 새빨간 거짓말이었다는 것을 깨닫고 있는 중이다. 아마 나의 엄마도 자식들이 맛있는 것을 먹고 있을 때면 똑같이 먹고 싶었을 게다. 다만, '엄마'라는 이유만으로 참아야 했고, 자신보다는 자식을 위한 마음이 더 우선시되었기에 선의의 거짓말을 할 수밖에 없었을 것이다. 언젠가 이런 일이 있었다. 그 옛날, 우리 형제들이 누가바를 입에다가 하나씩 물고 있을 때, 엄마 자신은 안 먹어도 괜찮다고 했던 것처럼 우리 집에서도 똑같은 상황이 연출되었다. 냉동실에 누가바가 딱 두 개 있었는데, 두 녀석이 얼른 낚아채는 바람에 내 몫은 없었다. 솔직히 그때 나도 너무 먹고 싶어서 아이들 것을 한 번씩 베어 먹었던 기억이 난다. 그러니까 난 '엄마'라는 이유만으로 참지 않았던 것이다.

　그리고 또 정직했던 나의 엄마의 새빨간 거짓말이 드러날 때가 있었다. 물론 지금까지도 진행형이긴 한데, 두 녀석의 등을 긁어주면서 알게 된 사실이다. 아이들은 예나 지금이나 틈만 나면 여기저기를 긁어 달라고 보챈다. 몸이 가려워서 그런 것도 있겠지만 엄마의 손길이 그리운 게 아닌가 싶다. 특히 첫째 딸아이는 아토피도 있는 데다가 사춘기로 인해 많이 힘들어할 때 시원하게 등을 긁어 주면서 그 고비를 무사히 넘겨온 부분도 있다. 게다가 그 지긋지긋한 잠을 깨워 주는 데도 큰 효과가 있었다. 사실 긁어 준다고 표현을 했지만 어떻게 보면 오랜 시간 동안, 그것도 만족할 때까지 긁어준다는 것은 거의 중노동이나 다름없다. 그냥 성의 없이 대충 긁어 주면 아이는 그것을 금세 알아채기 때문에 서로 간의 유대 관계 형성에도 별 도움이 되지 않는다.

따라서 손끝이 아프고, 온몸이 욱신거려도 정성을 다해 온몸 이곳저곳을 긁어 준다. 그것도 많게는 30분 이상. 솔직히 그렇게 긁어 주다 보면 나중엔 녹초가 다 되어버리는 경우도 있다. 지금에서야 긁어 주는 게 습관이 되어서 그렇지 처음엔 너무 힘들어서 아이들에게 짜증을 낸 적도 많았다. 그러다 보면 오히려 서로 간의 관계만 더 나빠질 뿐, 득이 될 게 하나도 없었다. 그때 생각했다. '그래도 난 엄마니까 내 아이의 스트레스를 조금이라도 풀어줄 수 있다면 그까짓 몸이 좀 힘들더라도 참고 시원하게 긁어 주자.'라고. 다만, 엄마로서의 수양이 좀 덜 됐는지 힘든 만큼 아이에게 말로 생색을 내기도 한다. "엄마가 아니면 누가 이렇게 시원하게 긁어줄 수 있을까?"라고 말이다.

그런데 예전엔 반대로 내가 엄마에게 등을 대 주는 입장이었다. 그 당시 스트레스를 받으면 이상하게도 엄마의 손길이 무척 그리웠다. 그래서 거의 매일같이 등을 긁어 달라고 보챘던 기억이 난다. 그럼 엄마는 지금의 나처럼 전혀 생색내지 않은 채 그냥 묵묵히 내가 원하는 대로 이곳저곳을 긁어 주곤 했다. 특히 엄마의 손은 마치 거칠거칠한 나무껍질 같아서 얼마나 시원했는지 모른다. 지금 생각해 보면 무척 가슴이 아프다. 물을 하도 많이 만져서 손가락 끝이 갈라졌는 데도 불구하고 그 고통을 참아내며 내 등을 긁어 줬을 테니까 말이다. 물론 중간중간에 엄마가 힘들까 봐 "괜찮아?"라고 물어보긴 했지만 늘 대답은 "괜찮아."였다. 아마도 갈라진 손이 아려서, 너무 아려서 아예 무감각해졌던 것은 아니었을까 생각해 본다.

그렇게 정직했던 나의 엄마는 새빨간 거짓말쟁이로서 하루하루의 고된 삶을 살아냈던 것이다. '엄마'라는 존재! 비록 자식들을 위해서 마음에도 없는 거짓말을 하고 살았지만 그게 악의가 아닌 선의로 했던 거짓말이었기에 자식들은 지금도 그런 엄마를 잊지 못한 채 평생을 그리워하며 살아가고 있다. 그리고 그런 엄마의 모습을 기억하며 나도 두 아이의 엄마로서 최선을 다해 살아가고 있는 게 아닌가 싶다.

가
까
이
하
기
엔
너
무
먼
자
식

"엄마, 나 왜 낳았어?"

    순간, 드디어 나올 말이 나왔구나 싶었다. 첫째 딸아이가 사춘기를 겪으면서 내 가슴에 비수를 꽂았던 그 말 한마디. "엄마, 나 왜 낳았어?" 사실 나도 내 엄마에게 똑같은 말을 한 적이 있었다. 난 사춘기가 남들보다 조금 늦은 고등학교 1학년 때 찾아왔다. 그땐 세상의 모든 것들이 다 부정적으로만 보였고, 그로 인해 내면에 쌓여 가는 분노를 가장 만만했던 내 엄마에게 다 쏟아붓곤 했다. 지금도 생각난다. 그날따라 학교에서의 일이 좀처럼 풀리지 않았다. 전날 밤, 잠을 제대로 못 자서인지 컨디션도 썩 좋지 않았던 데다가 시험 결과며,

189

친구 관계며, 선생님에게 혼난 일이며 모든 게 다 뒤죽박죽 되어버린 듯했다.

　그런 기분으로 야간 학습까지 다 끝마친 뒤 거의 파김치가 되어 집으로 돌아온 난 곧바로 내 방으로 들어가 문을 "쾅" 하고 닫아버렸다. 엄마는 내가 안쓰러웠는지 문을 살며시 열고 들어와 먹고 싶은 게 없냐고 물었는데, 난 홧김에 "엄마 나 왜 낳았어? 이 세상에 안 태어났으면 이렇게 힘들지도 않았을 것 아니야."라고 윽박질렀다. 그 순간 엄마는 아무 말도 하지 못했고……. 그냥 조용히 문을 닫고 나갔던 기억이 있다. 돌이켜 보건대, 그 당시 엄마가 왜 나에게 아무 말도 하지 못했는지 지금에서야 비로소 깨닫는 부분이다.

　내가 첫째 딸아이에게 "엄마, 나 왜 낳았어?"라는 말을 들었을 때, 나 역시 아무 말도 할 수가 없었다. 어찌 됐건 내가 낳은 건 분명한 사실이니까. 지금은 물론 첫째 딸아이의 사춘기가 지나가서인지 그 같은 말은 절대 입 밖으로 꺼내지 않는다. 하지만 그 당시만 해도 부모와 자식 간의 관계를 끊임없이 곱씹어 보곤 했다. 나는 원해서 낳았지만 아이는 결코 원해서 태어난 것이 아니다. 따라서 엄마의 집착이나 간섭을 아이가 싫어할 수밖에 없는 건 당연한 이치인 것이다. 내가 낳았지만 내 소유가 될 수 없는 것, 그게 바로 부모와 자식

간의 관계라는 것을 깨닫게 해준 매개체는 바로 첫째 딸아이의 사춘기였다.

"부모가 죄인이냐?", "너도 결혼해서 너랑 똑같은 아이 낳아서 키워 봐."라는 부모의 말과 "엄마, 나 왜 낳았어?"라는 사춘기 아이의 말은 아마도 지구가 멸망하지 않는 한 영원히 회자되지 않을까 싶다. 왜냐하면 이러한 말은 과거 우리네 부모님들도 공감을 했던 부분이고, 지금 나 역시 공감을 하고 있고, 또 아이들도 부모가 되면 충분히 공감할 수 있는 말이기 때문이다. 물론 이 말에 절대 공감할 수 없다는 부모들도 있을 것이다. 다만, 내 주변의 지인들 얘기를 들어 보면 하나같이 나와 똑같은 경험을 했다는 게 놀라울 따름이다. 그리고 웃긴 건, 요 근래 친언니랑 통화를 하다가 새삼 알게 된 사실인데……. 한창 사춘기로 방황하던 언니도 엄마를 향해 "엄마, 나 왜 낳았어?"라는 말을 했다는 것이다. 전화 통화를 하는 내내 우리 자매는 이제 이 세상에 없는 엄마에게 우리가 바로 죄인이었다고 말하면서 당시 엄마의 심정을 헤아려 보기도 했다.

가끔은 내가 아이를 키울 자격이 있는지 의심스러울 때가 있다. 물론 내가 낳았으니까 최선을 다해서 키우고자 노력은 하지만 도대체 어디까지 해줘야 하는지, 엄마로서 잘하고 있는지, 도무지 끝이 보이지 않는 암담함에 숨이 "컥" 하고 막힐 때도 많다. 사실 자식을 낳아 키운다는 건 막대한 책임감이 뒤따른다. 보통 아이들은 아직 어리기 때문에 잘되면 본인이 잘해서 그런 것이고, 안되면 무조건 부모님 탓으로 돌리기 일쑤다. 그래서 대부분의 부모들은 그런 소리를 듣지 않기 위해서 갖은 노력을 다 하지만 아이들은 그런 부모의 마음도 모른 채 마치 청개구리처럼 행동한다. 그렇다고 그냥 내버려 두면 또 그만한 대가가 따르게 마련이다. 그래서 이러지도 저러지도 못하는 부모 역할이 가장 힘들다는 말이 괜히 나온 말이 아닌 듯싶다.

지금은 첫째 딸아이의 사춘기도 거의 지나가고, 둘째 녀석의 사춘기도 최고의 위험 수위는 살짝 넘어간 것 같다. 사실 이 지긋지긋한 사춘기를 무난히 넘길 수 있었던 것은 어느 순간부터 내 아이를 마치 옆집 아이 보듯 해서 그렇다. 하루 일과, 성적, 관심사, 친구 문제 등 아이와 관련된 모든 문제가 궁금하지만 아이들이 먼저 꺼내지 않는 이상 내가 먼저 물어보지는 않는다. 왜냐하면 이것저것 물어보는 순간 아이들은 곧바로 입과 귀를 닫아버리기 때문이다. 그러니까 집착하는 순간 그 즉시 벗어나려는 인간의 자유 심리가 발동한다고 할까! 그리고 그런 심리는 가장 편안한 관계인 부모와 자식 간에 두드러지게 나타난다. 자식에게 특히 엄마는 편안하고 만만한 존재니까.

사춘기 아이들을 키우면서 인내심이 참 많이 길러졌다. 아이들이 태어나면서부터 사춘기 이전까지 온갖 정성을 다해 키웠고, 그로 인해 애착이 집착으로 변질되기도 했지만 아이들의 혹독한 사춘기로 인해 결국 집착 또한 버릴 수밖에 없었다. 두 아이의 엄마로서 품 안의 자식은 이제 없는 듯했다. 그토록 사랑스러웠던 아이들의 어린 시절은 다 가버리고, 이제 서서히 독립을 준비하는 시기가 바로 사춘기였던 것이다. 아이들의 인생 2막! 여하튼 난 그것을 인정하기까지 참 많이도 힘들고 외로웠지만 그게 바로 우리네 삶이라는 것을 서서히 깨닫고 있는 중이다. 그리고 지금은 오롯이 나를 찾기 위한 연습을 하고 있다.

포유류 동물 가운데 사자는 새끼가 어느 정도 자라면 낭떠러지에 떨어뜨린다고 한다. 그래서 살아남는 새끼만 키운다는 얘기가 있다. 어찌 보면 잔인하다고 생각할 수도 있겠지만 그게 바로 서로가 살 수 있는 생존의 방법일 수도 있다. 반면 자식을 키우는 대부분의 부모들은 자식이 성인이 될 때까지 최선을 다해 보살핀다. 그런데 문제는 부모가 언제까지 자식을 보살펴 줘야 하냐는 것이다. 요즘 들어 부쩍 캥거루족이 많이 늘어나고 있다. 물론 여러 가지 사회적인 현상 때문에 그럴 수도 있겠지만 부모가 자식의 모든 것을 일일이 다 상관하다 보니 자식은 어른이 돼서도 독립의 절실함을 깨닫지 못한 채 부모에게 많은 것을 의지하게 된다. 마치 다 큰 캥거루가 늙은 엄마 캥거루 배주머니 안에서 나오려고 하지 않는 것과 마찬가지라고 할까!

얼마 전 이런 기사를 봤다. 어느 명문대 의대생이 지하철역에서 성추행을 하다가 결국 경찰서에 잡혀 들어갔는데……. 경찰이 휴대 전화를 좀 보자고 하니까 그 학생이 엄마한테 먼저 얘기를 해봐야 한다고 했단다. 사실 이러한 민망한 일이 우리 주변은 물론 사회 곳곳에서 벌어지고 있는 게 사실이다. 부모와 자식 간의 관계! 촌수가 없는 아주 가까운 관계라고 할 수 있지만 어떻게 보면 그러한 관계 때문에 서로가 서로를 구속하면서 평생 불행한 삶을 살아갈 수도 있다고 생각한다.

지금 생각해 봐도 내가 첫째 딸아이에게 집착했던 그 시절은 너무도 불행했다. 난 나대로 아이가 내 기준에 못 미치면 화가 났고, 아이역시 그런 엄마의 눈치를 보느라 나름 구속된 삶을 살지 않았을까 싶다. 그래도 다행인 건 전혀 예상치 못했던 아이의 사춘기를 통해 서로를 향한 마음의 재정비가 되었다는 것이다. 가까이하기엔 너무 먼 자식! 또 가까이하기엔 너무 먼 부모! 사실 서로 간에 믿음과 사랑 그리고 책임감이 전제되어 있다면 다소 어색하게 느껴지는 거리일

지라도 훗날 오히려 가족의 행복을 지켜준 아름다운 거리로 기억되

지 않을까?

하위권
엉덩이의 힘이 보여 준

흔히들 공부를 잘하려면 엉덩이의 힘부터 길러야 한다고 얘기한다. 실제로 서울대에 합격한 학생들의 인터뷰를 들어 봐도 합격의 비결이 엉덩이의 힘이었다고 말하곤 한다. 그렇다면 엉덩이의 힘이란 과연 무엇일까? 다소 상징적인데, 엉덩이를 의자에 붙인 채 오랜 시간 동안 공부에 집중할 수 있는 힘이 아닐까 싶다. 물론 엉덩이를 떼지 않고 계속 집중한다고 해서 다 공부를 잘하는 것만은 아닐 게다. 흔히 주변 엄마들의 얘기를 들어 봐도 자신의 아이가 책상 앞에 앉아서 줄곧 공부만 하는데 성적이 그다지 좋지 않다며 푸념 섞인 말을 늘어놓는다.

학교에서, 학원에서 똑같이 공부하고, 집에 와서도 늘 공부를 열심히 하는데 왜 성적이 오르지 않을까? 그건 아마도 공부 방법에 문제가 있지 않을까 싶다. 그러니까 제대로 된 공부를 하고 있지 않다는 것이다. 내 주변의 한 가정은 새벽 늦게까지 공부만 하는 아이에게 아예 두꺼비집을 내리겠다고 협박 아닌 협박을 한다는데 성적은 그다지 좋지 않다고 한다. 그리고 또 한 가정은 아이가 학원도 많이 안 다니고, 공부도 잘 안 하는 것 같은데 상위권 수준이라는 점이다. 여기에서 주목할 점이 있다. 바로 공부를 잘하고 못하고의 기준이 엉덩이 힘만은 아니라는 사실이다.

"엄마, 그거 아세요? 학원에 가면 그냥 책상 앞에 앉아 있을 뿐, 딴생각하고 있는 아이들이 얼마나 많은지……. 그리고 학교에서도 수업 시간에 엎드려 자는 아이들이 거의 대부분이라고요."

모처럼 가족끼리 모여서 저녁 식사를 하다가 들은 얘기인데, 참 심각하다는 생각이 들었다. 학교 다니랴 학원 다니랴 체력도 체력이지만 공부가 재미없다 보니 더더욱 그런 현상이 나타나는 게 아닌가 싶다. 사실 내 경험상으로도 아이가 공부에 전혀 흥미를 느끼지 못하고 있는데, 거기에다 대고 자꾸만 공부하라고 하니까 나중엔 잔소리로밖에 들리지 않았던 것 같다. 오히려 공부하라고 하면 더 하기 싫었다고 솔직한 마음을 털어놓기도 한다. 아마도 그건 어른들도 마찬가지일 것이다. 썩 내키지도 않는 데다가 아직 마음의 준비도 안 된 상태에서 누군가가 옆에서 자꾸 부추긴다면 더 하기 싫어지지 않을까? 그리고 아예 포기하고 싶은 생각까지도 들 것이다.

여하튼 가장 가까운 내 아이들을 옆에서 죽 지켜보니 공부가 정말 재미있어서 하는 경우는 거의 없는 것 같다. 다만, 어떤 계기가 생겨서 특정 공부가 재미있어지는 경우는 있다. 첫째 딸아이의 경우, 중학교 2학년 때까지 딱히 꿈이 없었다. 그런데 엑소 멤버인 중국의 레이를 좋아하면서 중국어에 관심을 갖기 시작했고, 중학교 3학년 때부터는 외고 중국어과에 들어가겠다는 확신이 생겼다. 그러면서 중국 문화, 역사에도 관심을 갖기 시작했고, 결국 ○○ 외고 중국어과에 합격해 지금은 최선을 다해 노력하고 있다. 또한 대학에 가서도 교환학생으로서 중국에 꼭 나가겠다는 굳은 의지를 보이기도 한다.

"엄마, 난 영어보다 중국어가 자연스럽게 툭툭 튀어나와요. 아무래도 중국어 회화는 빨리 터득할 것 같아요."

무엇이든 마찬가지겠지만 공부 역시 흥미를 느끼는 순간, 걷잡을 수 없이 속도감이 붙는다는 사실을 깨달았다. 사실 영어는 유치원 때를 시작으로 초등학교 6년, 중학교 3년 그리고 지금까지도 이어지고 있지만 딱히 흥미를 못 느껴서인지 그다지 잘하는 편이 아니다. 반면 중국어는 중학교 3학년 때부터 시작했는 데도 불구하고 지금은 자신감이 넘쳐서인지 일상생활 속에서 회화가 자연스럽게 흘러나온다. 게다가 지금 학원에서 수업하고 있는 중국어에 하나 더 얹어 중국어 회화까지 해야 할 것 같다고 한다.

요즘 딸아이를 통해 공부는 정말 이렇게 재미있게 해야 한다는 것을 새삼스레 느끼고 있다. 엄마인 내가 굳이 공부하라고 잔소리를 하지 않아도 아이 스스로 해야겠다는 의지를 품고 있으니 말이다. 따라서 공부가 재미있으려면 누가 시켜서 하는 게 아니라 아이에게 어떠한 계기가 마련되어야 한다. 하지만 우리나라 교육의 현주소를 보면 아직까지도 입시 위주의 교육과 주입식 교육으로 도배질이 되어 있다고 해도 과언이 아니다. 그러니 대부분의 아이들이 이 같은 재미없는 교육에 환멸을 느낄 수밖에 없다.

모든 아이들이 똑같은 교육을 받을 필요는 없다고 생각한다. 아이들의 적성을 미리 파악해서 각각의 적성에 맞게 교육을 세분화할 필요성이 있다. 그러니까 언어적 감각이 없는 아이에게 굳이 외국어를 강요한다든지 수학 기호만 봐도 현기증이 나는 아이에게 수학 선행을 강요한다든지 각 예체능에 재능이 전혀 없는데 예체능을 강요한다든지 하는 억지는 좀 지양해야 하지 않을까 싶다. 물론 그러한 교육을 실시하려면 교육 분야에 막대한 예산을 투입해야 하는 부담이 있을 것이다. 그래도 미래의 선진 교육을 생각한다면 지금까지 이어온 썩은 교육은 과감히 잘라내 버려야 한다.

"우리 아이는 수학 기호만 보면 공포감을 느끼는지 벌벌 떨어요. 예전에 아이가 수학학원에 가기 싫다고 해서 내가 집에서 수학을 가르친 적이 있었는데, 그때 좀 심하게 혼을 냈더니 아예 수학하고는 담을 쌓더라고요. 정말 속상해요."

엉덩이 힘! 사실 엉덩이 힘도 공부가 재미있어야 그 힘이 제대로 발휘된다. 엉덩이 힘이 있으려면 우선 공부가 재미있어야 하고, 공부가 재미있으려면 뭔가 알듯 말듯 한 느낌이 있어야 한다. 그러다 보면 자꾸만 호기심이 생겨서 더 깊이 있게 파고들어갈 수밖에 없고, 결국 공부하는 방법까지 자연스럽게 터득하게 되는 것이다. 게다가 좋은 성적은 떼어놓은 당상이 아닐까 싶다. 요즘 시험 문제를 보면 변별력을 가리기 위해서 아주 난해한 것을 출제한다. 그런 문제를 풀어 낼 수 있는 힘은 바로 깊이 있는 공부다.

예전, 중학교 시절에 있었던 일이다. 바로 내 앞에 앉아 있었던 어떤 아이가 쉬는 시간도 없이 어찌나 공부를 열심히 하는지 어깨너머로 몰래 훔쳐보곤 했다. 그랬더니 각 교과서마다 밑줄을 그어 가면서, 중요한 단어에는 새까맣게 동그라미를 그리면서 마치 책 속으로 빠져들 것처럼 열심히 공부를 하고 있었다. 언젠가 그 아이의 책이 바닥으로 떨어지는 바람에 주워 주다가 보게 된 건데, 얼마나 밑줄을 많이 그어 댔는지 보기 흉할 정도로 너덜너덜해져 있었다. 그런데 문제는 그토록 열심히 공부하던 그 아이의 성적이 하위권 수준이었다는 것이다.

그 당시에도 그 아이를 보면서 참 많이 안타까웠는데……. 지금 생각해 보니 공부하는 방법을 잘 몰라서 그런 게 아니었을까 추측해 본다. 그러니까 커다란 나무를 먼저 본 후 뿌리, 줄기, 잎, 꽃과 열매 등의 세부적인 부분으로 옮겨 갔어야 하는데 그 아이는 반대로 세부적인 것부터 파고들었던 것이다. 결국 그 아이에게 엉덩이 힘이란 공부가 재미있어서 책상 앞에 앉아 있는 시간이 아닌, 이것저것 외울 게 너무 많아서 책상 앞에 앉아 있을 수밖에 없었던 그런 고통의 시간이 아니었을까 싶다.

Part 5

작은 것의 커다란 의미

햄스터, 그 커다란 생명

뭐가 그리도 신이 났는지 책가방을 "휙" 던져 놓은 채 곧바로 놀이터로 향하던 둘째 녀석. 아마도 학교 친구들과 놀이터에서 만나 신나게 놀기로 약속했던 모양이다. 늘 그렇듯 그날도 아이가 거실 바닥에 내동댕이쳐 놓은 책가방을 소파로 가져와 물통을 꺼내려고 손을 집어넣었다. 그런데 그 순간 무언가 꿈틀거리는 게 내 손에 잡혔다. 난 너무 놀란 나머지 순간적으로 그것을 가방 밖으로 꺼내 잽싸게 베란다 새시 쪽으로 내던졌다. 그런데 이게 웬일인가! 저기 구석에 "툭" 하고 떨어진 생명체가 하나 보였다. 그것은 다름 아닌 작고 앙증맞은 햄스터였다.

한동안 어디로 가야 할지 두리번거리던 햄스터는 이내 나하고 눈이 딱 마주쳤고, 그렇게 그 녀석과의 동거가 시작되었다. 놀이터에서 실컷 놀다가 들어온 둘째 녀석의 말을 들어 보니 2학년 같은 반 친구가 햄스터를 몇 마리 책가방에 넣어 와서 원하는 친구들에게 나눠 줬다고 한다. 그중 둘째 녀석도 한 마리 달라고 해서 얼른 책가방에 넣었던 게 결국 떼려야 뗄 수 없는 우리 가족이 되어버린 것이다. 여하튼 그 당시 햄스터는 아이가 하교하기 전까지 책가방 안에서 책들, 물통, 각종 필기도구랑 함께 있었을 텐데, 어떻게 잘 견디면서 우리 집까지 오게 됐는지 그저 기특하기만 했다.

그렇게 햄스터가 우리 가족이 된 지 3일 정도 지났을까! 문득 햄스터에게 딱 어울릴 만한 이름이 생각났다. 사색이! 그 햄스터를 보고 있노라면 왠지 사색하는 느낌이 들었다. 항상 그 무언가를 골똘히 생각하는 듯 늘 같은 자리에서 조용히 웅크리고 있었다. 우리 집에 놀러 온 몇몇 지인들은 그런 사색이를 보면서 우울증에 걸린 것 같다며 우스갯소리를 한 적도 있었다. 그래도 내 눈엔 그런 사색이가 너무도 사랑스러웠고, 시간이 흐르면서 정도 더 깊이 들었다. 물론 처음엔 다소 징그럽다는 생각도 했지만 오랜 시간 함께 하다 보니 내 왼손바닥 위에 올려놓고 오른손 검지손가락으로 쓰다듬는 일도 잦았다.

사육장 안의 톱밥은 수시로 깨끗한 것으로 깔아 주고, 물과 사료도 그때그때마다 갈아 주고 채웠다. 사람이든지 동물이든지 식물이든지 그만큼 사랑을 주고 정성을 다하면 건강하게 자라는 건 다들 매한가지였다. 사실 우리 집은 사색이뿐만 아니라 각종 생명체들을 많이 키웠었다. 사색이를 키우기 전, 이미 물고기, 달팽이, 사슴벌레, 장수풍뎅이, 고슴도치 등을 키우면서 삶과 죽음에 대해 많은 것을 경험했다. 물론 이 모든 생명체들은 내가 원해서 키운 게 아니라 아이들이 원해서 키우다가 내가 정이 들어버린 경우가 많았다. 오죽하면 사슴벌레, 장수풍뎅이를 쓰다듬는 것도 당연하게 받아들인 적이 있었으니까 말이다. 그런데 지금은 키운 지 꽤 오래돼서 그런지 그렇게까지는 못할 것 같다.

여하튼 우리 집엔 네 식구 빼고도 늘 생명체가 함께 하곤 했다. 그렇게 사색이도 가족들의 사랑을 듬뿍 받으면서 무럭무럭 자랐다. 1년, 2년, 3년? 보통 햄스터를 키운 지인들의 경험담이나 햄스터 관련 정보를 검색해 보니 햄스터의 수명은 기껏 3년 정도라고 한다. 그런데 사색이는 우리 집에 온 지 어느덧 5년을 넘어 6년으로 향하고 있었다. 할아버지도 그런 고령의 할아버지가 따로 없었다. 아! 그러고 보니 햄스터는 암수 구별이 어려워서 할아버지인지 할머니인지 모를 일이었다. 그러니까 사색이가 암컷인지 수컷인지도 모른 채

5년 이상을 키우고 있었던 것이다.

그러던 어느 날, 사색이의 발에 난 혹이 점점 더 커지더니 발보다 혹이 더 커지는 지경에 이르렀다. 한동안 그 혹을 바라보는 나는 마음이 너무 많이 아팠지만 그렇다고 동물병원에 가는 것도 좀 이상할 것 같았다. 그래서 벼르고 벼르다가 결국 도저히 안 되겠다 싶어 동네 동물병원에 갔는데……. 글쎄 암이란다. 담당 수의사는 수술을 해도 죽을 가능성이 높으니까 그냥 마지막까지 잘 보살펴 주라고 했다. 그 순간, 코끝이 시큰해지면서 커다란 슬픔이 몰려왔다. 그때 바로 옆에 앉아 있었던 나이가 지긋한 아주머니도 사색이를 보면서 한마디 했다.

"얼마나 외로웠을까! 짝도 없이 홀로 5년을 넘게 살아왔으니. 어떤 때는 동물이 사람보다 나아. 동물을 키우다 보니 우리 인간들이 배울 점도 많이 있더라고. 아이고! 불쌍해라. 쯧쯧……."

사색이를 데리고 무거운 발걸음으로 집에 도착한 나는 앞으로 무엇을 어떻게 해줘야 할지 여러모로 고민을 하기 시작했다. 무엇보다도 사색이를 저세상으로 떠나보냈을 때 느껴질 후회나 미련이 없도록 남은 시간 최선을 다하고 싶었다. 그래서 깨끗한 환경에 더욱더 신경을 썼고, 양질의 사료에도 좀 더 관심을 기울였다. 하지만 그런 노력에도 불구하고 사색이는 하루가 다르게 몸이 야위어 갔다. 그러다가 어느 순간 그나마 조금씩 먹던 모습, 움직이던 모습도 자취를 감추고, 이후엔 아무런 활동도 하지 않았다. 그렇게 며칠이 지났을까? 아무런 의욕 없이 누워만 있던 사색이가 벌떡 일어나더니 바르르 떨기 시작했다. 그러더니 이내 간신히 부여잡고 있었던 생명줄을 놓아버린 것이다.

얼마나 힘들었을까! 순간, 아무것도 생각할 수가 없었다. 눈물이 앞을 가리기 시작하면서 순식간에 폭풍처럼 쏟아졌다. 그냥 존재만으로도 나에게 커다란 위로와 위안이 되어 주었던 햄스터였는데, 그런 햄스터를 이제는 더 이상 볼 수도, 만질 수도 없다는 생각에 왠지 모를 허무함과 공허함이 엄습해 오기 시작했다. 도대체 얼마나 울었을까? 눈이 제대로 떠지질 않았다. 팅팅 부은 눈으로 남편과 아이들을 바라보고 있노라니 나름대로 슬픔을 견뎌내고 있었다. 그렇게 우리 가족은 사색이가 잠들어 있는 공간을 바라보면서 한참을 그냥 멍하니 있었다.

그리고 이후 우리 가족은 사색이를 묻어주기 위해서 ○○천으로 향했다. ○○천 주변으로 넓게 펼쳐진 풀밭 가운데 볕이 잘 드는 양

지쪽을 골라 땅을 팠다. 그런 다음 그 안에 톱밥을 푹신하게 깔고, 사색이를 편안하게 묻어 주었다. 사색이 생각에 자꾸만 눈물이 고였다. 하지만 가족들에게 보이고 싶지 않아 몰래몰래 눈물을 훔치면서 다시 집으로 향했다. 그렇게 사색이는 그날 이후부터 지금까지 내 마음속에 영원히 기억되는 커다란 생명이자 의미로 남아 있다.

사실 누군가는 그까짓 햄스터 한 마리 가지고 너무 유난을 떠는 게 아니냐고 생각할지도 모르겠다. 하지만 동물을 키워 본 사람들, 키우고 있는 사람들, 나아가 동물을 좋아하는 대부분의 사람들은 아마 다 알 것이다. 어떠한 동물이 됐든지 간에 생명이 있다는 것, 그것 하나만으로도 얼마나 소중한 존재들인지 그리고 이기적인 우리 인간들에게 얼마나 많은 것들을 깨닫게 해주는지 말이다. 솔직히 나도 여러 동물들을 키워 봤지만 제아무리 사랑을 주고 정성을 다해 키워도 자연에서 살아야 할 동물들에게 행여나 족쇄를 채우는 건 아닌지 늘 미안한 마음도 들었다. 그래서 그 죄책감에 매번 동물을 키울 때마다 최선을 다해서 키웠다.

얼마 전 기사에서 좁은 철장 안에 갇힌 사향고양이를 봤다. 스트레스를 받았는지 계속해서 철장 안을 돌며 나갈 곳을 찾는 것 같았다. 야생에서 자유를 누려야 할 사향고양이들을 무분별하게 포획하여 커피 열매를 먹게 한 후 똥을 싸면 그 똥에서 원두를 추출, 볶아서 만든 것이 '코피루왁'이라는 최고급 커피란다. 난 그 커피의 생산자들과 소비자들에게 꼭 묻고 싶었다. "동물을 희생시켜 얻어낸 일명 '사향고양이 똥 커피' 맛이 그렇게도 좋습니까?"라고.

불행한 강아지
행복한 여행보다는

　목적지를 정하고 떠나든 그냥 무조건 떠나든 여행은 항상 사람들의 마음을 설레게 한다. 그것은 아마도 늘 되풀이되는 찌든 일상으로부터의 탈출이 주는 짜릿함 때문이 아닐까 싶다. '열심히 일한 자여, 떠나라.'라는 카피 문구도 있듯이 열심히 일하고 난 뒤에 떠나는 여행은 그야말로 꿀맛이다. 난 국내 여행이든 해외여행이든 그리 많은 곳을 쏘다니지는 않았다. 다만, 어떤 목적을 두고 겸사겸사 떠나는 여행은 많이 다녀봤는데……. 여하튼 짐을 싸고 푸는 게 귀찮아서라도 여행은 가급적 자제하는 편이다.

　가족끼리 가까운 제주도에 한번 다녀오더라도 한 보따리인 짐을 챙기느라 출발하기도 전에 이미 지치는 경우가 많이 있었다. 그래서 난 부담 없이 당일치기로 갔다 오는 근교 드라이브 여행을 좋아한다.

더군다나 여행보다 더 의미 있는 삶을 깨닫게 해준 소중한 보물이 하나 있다. 그것은 다름 아닌 강아지다. '해피'라는 이름을 가진 이 녀석 때문에 장시간 집을 비우는 여행은 당분간 유보 상태다. 왜냐하면 나의 행복한 여행을 위해서 불행해지는 강아지를 절대로 용납할 수 없기 때문이다. 만약 여행을 가게 되면 당장 강아지를 맡아 줄 사람이 필요하고, 이로 인해 상대방에게 부담을 줄 수 있다. 또한 강아지를 보살펴 줄 수 있는 시설 등에 맡기더라도 그다음이 문제다. 생전 처음 보는 낯선 사람들과 동물들 사이에서 이 녀석이 감당해야할 스트레스, 잠자리, 음식 등등 생각만 해도 마음이 심란하다.

특히 요즘 강아지를 맡겼다가 심각한 상태로 되돌아오는 경우가 많이 있다고 한다. 인터넷 기사를 뒤적이다 보면 온몸이 상처투성이로 되돌아온 강아지, 아예 시설을 뛰쳐나가 유기견이 된 강아지, 죽어 나오는 강아지 등등 강아지 보호 시설에 대한 신뢰도가 그야말로 바닥이다. 언젠가 이런 기사를 본 적이 있다. 곧 다가오는 시험 때문에 가족과 같은 반려견을 어쩔 수 없이 보호 시설에 맡기게 된 주인이 결국 반려견을 잃은 사연이었다. 나도 CCTV에 찍힌 그 당시의 영상을 봤는데, 너무도 끔찍했다. 어두컴컴한 시설 안에는 아무도 없었고, 윗부분이 뚫린 철창 안에서 그 반려견이 탈출을 시도하고 있었다. 그런데 그 과정에서 뾰족한 철창에 배 부분이 찔린 반려견은 한동안 발버둥을 치다가 잔인하게 죽어갔다. 그리운 주인을 생각하면서…….

그 반려견의 주인은 당시 심정이 어땠을까 싶다. 사실 반려견을 키운다는 것은 사랑하는 가족만큼이나 애틋한 마음이 담겨 있다. 먹이고, 씻기고, 발톱 잘라 주고, 대소변 치워 주고, 털 깎아 주고, 어딘가 아프기라도 하면 온통 마음이 쓰이는, 눈을 맞추면서 교감하는 그런 소중한 존재인 것이다. 그런데 그런 반려견이 고통 속에서 몸부림치며 죽어 갔으니 그 주인의 심정이 어떨지는 눈에 보이듯 뻔하다. 사실 나도 그 사건을 접한 후 한동안 그 반려견의 모습이 생각나서 몹시 우울했다. 이처럼 반려견은 혼자 놔두면 무슨 일이 어떻게 벌어질지 모르기 때문에 항상 예의 주시해야 한다.

내 주변의 경우만 보더라도 별 희한한 일이 다 벌어지곤 한다. 골든 레트리버를 키우고 있는 어떤 지인은 이런 일을 겪었다. 명절을 맞아 멀리 지방에 있는 시댁을 내려가야 하는 상황에서 반려견이 문제였다. 그것도 장장 2박 3일 동안 머물러야 하는데, 데려가자니 멀미도 문제였고, 시댁 쪽에서도 딱히 반기는 눈치가 아니었다. 그렇다고 시설에 맡기는 것도 왠지 꺼림칙했던 탓에 그냥 집에 놔두기로 결정을 했다. 다만, 3일 동안 먹을 사료와 물 등을 집안 여기저기에 흩어 놓았다. 왜냐하면 3일치 양을 같은 그릇, 같은 장소에 주게 될 경우, 그 즉시 다 먹어 치울 수 있기 때문이다. 그렇게 되면 이틀은 꼬박 굶어야 하는 처지가 되는 것이다. 여하튼 사랑하는 반려견이 불편하지 않도록 만반의 준비를 다 해놓고, 시댁에 내려갔건만……. 집에 돌아와 보니 반려견이 거의 죽음 직전까지 와 있었다. 너무 놀란 그 지인은 반려견을 데리고 즉시 병원으로 향했고, 검사 결과 배 속에 수건이 들어 있다는 것을 확인할 수 있었다. 결국 수술을 통해 목숨을 건진 그 반려견은 지금은 아주 건강하게 잘 살고 있다.

사실 반려견을 키운다는 것은 갓난아기를 키우는 것과 거의 맞먹는다고 해도 과언이 아니다. 그 정도로 손이 많이 가고, 사랑으로 보살피지 않으면 금세 병이 나기도 한다. 나는 둘째 녀석의 성화에 못 이겨 지금의 해피를 분양하긴 했지만 그에 따른 모든 일이 다 내 몫이 되고 말았다. 밥 챙기기, 물 주기, 대소변 치우기, 목욕시키기, 발톱 깎기, 털 깎기, 귀 청소하기, 산책시키기, 쓰다듬어주기 등등. 다만, 나를 제외한 다른 가족들은 여기에서 딱 한 가지만 열심히 해줄 뿐이다. "아이고! 귀여워라."라고 하면서 쓰다듬어 주는 일이다. 무엇이든지 마찬가지겠지만 책임을 지는 일은 무척 힘이 든다. 대신 책임에는 무엇으로도 대신할 수 없는 절대적인 관계가 형성된다. 그래서일까? 해피의 시선은 늘 한 사람에게로만 향해 있다. 바로 나다.

몇 년 전, 전혀 예상치 못했던 첫째 딸아이의 사춘기로 인해 집안에 위기가 찾아온 적이 있었다. 처음엔 대수롭지 않게 생각하고, 곧 돌아올 거라 생각했다. 그런데 시간이 점점 흐르면서 현실은 공포로 다가왔다. 지금 생각해 봐도 '사춘기'라는 것은 인간의 힘으로 어떻게 할 수 없는 신의 경지인 듯싶다. 그만큼 그 과정이 너무 힘들었고, 다시는 겪고 싶지 않은 일 중의 하나였다. 물론 한층 업그레이드된 둘째 녀석의 사춘기가 곧바로 이어졌지만 말이다. 여하튼 그 시기에 집안 분위기를 바꿔 줄 만한 그 무언가가 절실히 필요했고, 그 절실함은 곧 둘째 녀석의 질긴 강아지 타령과 딱 맞아떨어졌다.

그렇게 해피는 우리 가족이 되었고, 이름 그대로 우리 가정에 행복을 전하는 귀염둥이 역할을 톡톡히 해주고 있다. 강아지가 사랑스러운 이유는 그냥 보는 것만으로도 기분이 좋아지고, 껴안기라도 하면 마음이 편안해지고 따뜻해진다. 또한 기분이 우울해 있으면 살며시 다가와 위로가 되어 주기도 하고, 때론 놀아 달라고 무언가를 물고 오거나 발로 내 팔을 툭툭 친다. 그리고 정말 웃긴 건, 집안에서 큰소리라도 나면 어디론가 사라진다는 사실이다. 언젠가 집안에서 큰 싸움이 벌어졌을 때 언뜻 해피의 동선을 살핀 적이 있었다. 그때 늘 세워져 있던 꼬리가 아래로 말려들어가면서 엉거주춤한 모습으로 어디론가 향하고 있었다. 아마도 겁에 질려서 어디론가 숨으려고 했던 것 같은데, 그런 모습조차도 사랑스러워 그냥 웃고 넘어간 적이 한두 번이 아니었다. 그러니 어떻게 해피를 홀로 두고 여행을 갈 수 있겠는가!

그래서 난 여행보다는 강아지를 선택했다. 비록 멀리 여행은 못 가더라도 여리고 약한 생명을 정성껏 돌봐 주는 데 커다란 의미가 있다고 생각했고, 생명의 소중함, 서로 간의 교감, 눈 맞춤, 사랑, 따뜻함, 위안 등 삶의 풍요로움을 느끼면서 살아가고 있다. 비록 말 못 하는 동물이지만 사람처럼 아픔도 느끼고, 때론 슬픔도, 때론 두려움도, 때론 외로움도 느끼기에 우리는 그런 동물들을 학대하거나, 방치하거나, 유기하는 행위 등은 절대로 해서는 안 될 일이다. 이 지구상에 있는 모든 생명체, 즉 사람, 동물, 식물은 서로 공존하기 위해서 함께 존재하고 있는 게 아닌가!

그때 그곳! 지금도 생생하게 기억난다. 길을 걷다가 눈보라가 휘몰
아치기라도 하면 얼른 들어가 몸을 녹이고, 이글이글 타오르는 태양
이 숨통을 조여 오기라도 하면 얼른 들어가 땀을 식히던 나만의 공
간. 때론 힘든 내 마음을 위로해 주기도 하고, 때론 중간중간에 붕 뜬
시간을 지루하지 않게 때워 준 친구 같은 편안한 장소이기도 했다.

　지상에서 지하로 연결된 계단을 죽 내려오면 입구에서부터 진한
꽃향기가 코를 찌른다. 양옆으로 즐비하게 늘어선 아기자기한 꽃가
게들, 그 사이를 지나가는 사람들의 얼굴엔 왠지 모를 미소가 번지
고……. 특히 국화꽃 향기는 지하의 퀴퀴한 냄새를 다 빨아들이는 듯

머리까지 맑게 해준다. 그래서 난 예전에 틈만 나면 그곳, ○○ 고속 버스터미널 지하상가를 많이 찾곤 했다. 물론 꽃집 때문만은 아니었다. 그리 길지 않은 지하상가 안에는 배고프면 간단히 먹을 수 있는 분식집, 각종 음식점, 액세서리 가게, 옷 가게, 속옷 가게, 신발 가게, 학용품 가게 등 없는 게 없는 만물 낙원이 쫙 펼쳐져 있었다.

나는 필요한 물건이 있을 때면 늘 그곳에 가서 잔뜩 장을 보곤 했다. 가격도 저렴한 데다가 직선 코스, 그것도 비교적 짧은 거리여서 편하게 쇼핑하기엔 아주 그만이었다. 그리고 그 당시만 해도 일하느라 한창 바쁠 때여서 중간중간에 시간 때우는 장소가 나에겐 절실하게 필요했다. 따라서 수시로 이곳에 들러 필요한 물품도 사고, 간단히 요기도 하고, 취재 일정에 맞춰 시간 때우는 장소로 많이 활용하곤 했다. 게다가 이것저것 눈요기도 하면서 운동 삼아 걷다 보면 나름 재미도 있고, 왠지 건강해지는 느낌도 들었다. 아마도 지금껏 내 다리가 튼튼한 건 당시 그곳에서 많이 걸어 다녔던 게 한몫했던 것 같다.

여하튼 누구에게나 다 자기만의 편안한 공간이 있게 마련이다. 나에게 있어서도 그곳 ○○ 고속버스터미널 지하상가는 평생 잊지 못할 편안한 공간으로 남아 있다. 지금은 어떻게 변해 있을까? 10년이면 강산도 변한다는데, 벌써 20년이라는 세월이 흐르고 있다. 아마도 많은 것들이 변했을 거란 생각이 든다. 지하상가 내부는 물론 당시 세세하게 눈에 담아 놨던 그 주변의 모든 것들이. 언젠가 그곳에 다시 한번 가보고 싶다. 그리고 그 옛날, 그곳에 얽힌 나만의 소중한 추억을 하나하나 더듬어 보련다. 아니, 이미 지금 내 머릿속엔 그날의 잊지 못할 아름다운 광경이 생생하게 되살아나고 있다.

그날은 취재가 두 건 있었다. 한 건은 이미 취재를 한 상태였고, 이후 또 다른 건을 취재해야 하는 상황 속에서 중간에 너무 많은 시간이 남아버렸다. 마침 배도 고프고, 피로감도 몰려와서 부랴부랴 근처인 ○○ 고속터미널 지하상가로 향했다. 그리고 곧 상가로 통하는 계단을 내려와 양옆으로 즐비하게 늘어선 꽃집을 지나고 나니 옷 가게, 신발 가게, 화장품 가게 등 이것저것 다양한 물건을 파는 가게들이 나를 유혹한다. 그렇게 신나게 구경을 하면서 걷다 보면 상가 중간쯤에 휴게소가 하나 있는데, 그곳은 편하게 앉아 쉴 수 있는 행인들의 휴식 공간이었다. 바로 옆에는 자판기가 설치되어 있어서 커피 한 잔의 여유도 즐길 수 있었다.

대부분의 사람들은 그곳에 앉아서 휴식을 취했다. 혼자 그냥 멀뚱하게 앉아 있는 사람, 이어폰을 끼고 음악을 듣는 사람, 자판기 커피를 뽑고 있는 사람, 힘들었는지 쇼핑한 물건들을 내려놓은 채 한숨을 내쉬는 사람, 다정하게 얘기를 나누는 사람 등등 저마다 편안한 분위기 속에서 쌓인 피로를 풀고 있었다. 물론 나도 그다음 스케줄을 위해서 간단하게 요기를 한 뒤 휴게소 한 귀퉁이에 자리를 잡았다. 그리고는 다음 취재에 대한 이런저런 생각을 하고 있는데, 바로 맞은편에서 친한 듯 보이는 네 명의 여성들이 대화를 나누고 있었다.

그들은 무엇이 그리도 재미있는지 "하하 호호" 큰소리로 떠들며 웃기도 하고, 무언가 심각해지기라도 하면 인상을 쓰면서 연신 고개를 끄덕이기도 했다. 사총사! 어른이든지 어린아이든지 보통 짝을 짓는 걸 좋아한다. 특히 네 명이서 둘둘 짝을 지어 다니면 서로 외롭지도 않고, 다양한 얘깃거리가 있어서 즐겁기도 하다. 그들도 역시 나이가 지긋한 여성들이긴 했지만 서로를 바라보는 따뜻한 미소가 참 보기 좋았다. 그렇게 한참 동안 사방을 두리번거리면서 구경하고 있는데, 어느덧 가야 할 시간이 다가왔다.

그 순간, 눈앞에서 이상한 광경이 펼쳐졌다. 사총사 중 한 명만 남고, 다른 세 명은 조용히 일어나 자리를 뜨고 있었다. 도대체 이게 무슨 일인가 싶어 한동안 그곳을 바라보고 있었는데……. 남은 한 명만 여전히 중얼중얼 혼잣말을 하고 있는 게 아닌가! 한동안 멍했다. 그리고 곧 코끝이 찡해지면서 많은 것을 생각하게 해 주었다. '저기 혼자 얘기하는 사람은 도대체 누구랑 얘기를 하는 것일까?', '어떤 아픔이 있는 것일까?', '제발 가족의 품으로 돌아가야 할 텐데.' 무엇보다도 난 그 삼총사에게 평생 잊지 못할 따뜻함을 선물 받은 하루였다.

그러니까 내가 앉아 있었던 곳은 삼총사의 얼굴은 볼 수 있었지만 나머지 한 명의 모습은 전혀 볼 수가 없는 그런 위치였다. 다만 뒷모습은 볼 수 있었기에 함께 모여 있는 네 명이 그저 친구로만 느껴졌고, 가뜩이나 혼잣말을 하고 있었기에 네 명이 같이 대화를 나누는 것처럼 느껴질 수밖에 없었다. 중요한 건, 그 삼총사의 따뜻한 마음이다. 전혀 모르는 사람이 바로 옆에서 뭐라고 혼잣말을 하는 데도 바로 자리를 피하지 않고, 그분이 민망할까 봐 한참 동안을 그냥 아무 일도 없었다는 듯 행동한 것이다. 아무리 생각해 봐도 그 삼총사는 상대방에 대한 배려심이 남달랐던 것 같다.

사실 그런 아름다운 광경을 볼 수 있었던 건 내 삶에 있어서 커다란 행운이었다는 생각이 든다. 지금껏 살아오면서 그런 가슴 따뜻한 일들을 실질적으로 많이 느껴보지는 못했으니까 말이다. 상대방을 배려한다는 것! 어떻게 보면 내 마음보다도 상대방의 마음을 먼저 헤아릴 줄 아는 미덕이 있어야만 가능한 일이 아닐까 싶다. 그날 그 일을 겪고 나서 나 스스로에게 물었다. '네가 그 삼총사 중 한 사람이었다면 어땠을 것 같니?'라고. 물론 지금까지도 끊임없이 나를 실험대에 올려놓곤 한다. 누군가를 만났을 때 과연 상대방에 대한 배려를 하고 있는지…….

○○ 고속버스터미널 지하상가! 그곳은 누군가에게는 쇼핑의 장소로, 또 누군가에게는 치열한 생존의 일터로, 또 누군가에게는 목적지를 향하는 이동 통로로, 또 누군가에게는 위안을 주는 장소로, 또 누군가에게는 휴식의 장소로 이용되고 있을 것이다. 다만, 나에게 있어서 그곳은 내 마음 깊은 곳에 따뜻함의 불씨를 지펴 준, 그래서 따뜻한 사람으로 살아갈 수 있도록 길을 제시해 준, 내 삶의 의미 있는 공간으로 남아 있다.

커다란 미소 장애를 잡아먹은

　나의 오른팔이 순간 땅속을 뚫고 들어간 줄 알았다. 마치 꿈속인 듯 몽롱하면서도 팔이 저린 고통이 느껴졌다. 도대체 나에게 무슨 일이 일어난 것일까? 내 주위로 하나둘씩 사람들이 모여들기 시작했고, 웅성웅성하는 소리와 함께 어디선가 낯익은 목소리가 들려왔다.

　"○○아, 괜찮아? 어머! 어떻게 해. 누가 빨리 체육 선생님 좀 불러 줘."

　아무것도 생각나지 않았다. 스르르 눈이 감겨 왔다. 꿈속에서였을까? 난 끝이 보이지 않는 회전 미끄럼틀을 타고 계속해서 내려오고 있었다. 너무 어지러웠다. 이후 눈을 떴을 땐 정형외과 내 입원실이었다.

마치 뾰족한 바늘로 내 온몸을 쑤시듯 극심한 통증이 몰려왔다. 그때까지 난 무슨 일이 있었는지 전혀 모른 채 그저 이리저리 몸만 뒤척이고 있었다. 그때 침대의 삐거덕거리는 소리를 들었는지 어디선가 엄마가 다가와서 물었다. "너 괜찮니?"라고. 그래서 어떻게 된 것인지 자초지종을 물었는데 너무도 기가 막혔다. 내가 학교 운동장 안에 있는 화단 울타리 위를 걷다가 그만 화단 쪽으로 쓰러지면서 오른팔이 꺾였고, 운이 없게도 팔뚝 가장 위쪽의 뼈가 심하게 부러졌다는 것이다.

그날은 중학교 입학 후 첫 체육대회가 있던 날이었다. 친구들과 점심 식사를 한 후 운동장으로 나가서 신나게 뛰어놀고 있었다. 그러다가 무슨 장난기가 발동했는지 한 친구와 화단 울타리 위를 누가 안 넘어지고 끝까지 갈 수 있는지 내기를 걸었다. 그 울타리 높이는 불과 땅에서 40㎝ 정도 됐을까? 그냥 옆으로 폴짝 뛰어내려도 우스운 높이건만 그 높이에서 팔이 부러지고 만 것이다. 아마도 그 순간 현기증이 난 것 같다. 이후 아무것도 생각이 나질 않았고, 다만 중간중간 필름이 끊긴 듯 몰려드는 사람들, 체육 선생님, 부목과 붕대의 기억이 전부였다.

몇 시간에 걸쳐서 대수술을 했다고 한다. 뼈가 심하게 부러진 데다

몇 개의 조각난 뼈를 맞추느라 꽤 오랜 시간이 걸렸단다. 아마도 회전 미끄럼틀을 타고 계속해서 내려오고 있었던 기억은 수술하는 과정에서 내가 느꼈던 심리적 불안감이 아니었을까 싶다. 여하튼 입원 기간이 한 달 정도로 무척 길었다. 매일 세 끼를 환자용 식사로, 그것도 한 달을 때워야 했고, 하루에 두 번 4대의 주사와 매 끼니마다 먹어야 하는 약으로 온몸이 도배질이 되어가고 있었다. 그나마 내 곁에 가족들과 친구들이 늘 함께 했기에 그 힘든 시기를 잘 넘어올 수 있었던 것 같다.

짓궂은 친구들은 학교가 끝나자마자 병원으로 곧장 달려와 외로웠을 나를 위해 즐거움이 되어 주곤 했다. 병실이 낮에는 수다 장소로, 밤에는 공연 무대로 변하면서 병원 내에서도 눈엣가시로 낙인찍히고 말았다. 하지만 따분하고 지루해하던 일부 환자들에게는 나름 활력을 불러일으켜 준 역할도 한 셈이다. 그렇게 입원한 지 3주 정도 됐을 때 몇몇 환자 분들과 친해지면서 동병상련의 위안을 얻었다. 그런데 그분들과 얘기를 나누다 보니 별의별 사연을 다 가지고 있었다.

어떤 할머니는 밤에 길을 가다가 용달차에 치였다고 한다. 그 순간 운전자가 얼른 차에서 내려 자신의 생사를 확인하는가 싶더니 금세 차에 태워 다리 밑으로 데려갔다고 한다. 그리고는 땅바닥에 누인 채 저만치서 자신을 향해 차를 몰았다는 것이다. 그러면서 하는 말이 심하게 다치는 것보다 아예 죽는 것이 이후 덜 복잡해지기 때문에 아마도 그 운전자는 자신을 아예 죽이려고 다리 밑으로 데려간 것 같다고 했다. 그런데 그 당시 약간의 의식이 있었던 터라 손을 위로 쳐들고 있는 힘을 다해 살려 달라고 몸부림을 쳤단다. 그때 자신을 향해 돌진하려던 운전자가 심경의 변화가 생겼는지 바로 자신의 앞에서 차를 멈추고는 곧바로 이곳 병원으로 오게 되었다는 것이다. 그리고 꽤 오랜 시간 동안 입원해 있었다고 한다. 온몸의 뼈가 다 으스러져 인공 철심으로 겨우 지탱하고 있다니 너무도 기가 막힐 노릇이었다.

한동안 병원에서 지내다 보니 전혀 상상하지도 못한 일들이 우리 사회 곳곳에서 벌어진다는 것을 알게 되었다. 그 밖에도 환자들이 그 병원에 오게 된 사연이 무척이나 다양했다. 의자를 딛고 물건을 내리려다가 그만 발을 헛디뎌 고관절이 골절된 사람, 교통사고로 갈비뼈가 골절된 사람, 미끄럼틀에서 떨어져 양팔이 모두 골절된 아이, 허리디스크로 인해 눕는 것조차 힘겨운 사람, 공사 현장에서 떨어져 온몸에 다발성 골절을 입은 사람 등등 내가 겪는 고통은 그야말로 새발의 피 정도밖에 안 됐다. 여하튼 한 달 동안 입원해 있으면서 그곳의 환자들과 많은 얘기를 나눴고, 나름 인생 수업까지 덤으로 받은 기분이었다.

그러던 어느 날, 꽤 많은 친구들이 병문안을 왔다. 그리고는 나를 위로해 준답시고 노래도 불러 주고, 재미있는 얘기도 해주면서 즐거운 시간을 마련해 주었다. 그런데 다소 시끄러웠는지 어느 훈남 스타일의 젊은 남자가 내 병실 문을 두드렸다. 그의 한쪽 팔은 나처럼 길게 깁스를 하고 있었고, 그는 환한 미소를 지으며 대화를 시도했다. 나의 몇몇 친구들은 그 젊은 남자를 보는 순간 쑥스러웠는지 얼굴이 벌겋게 달아오르기도 했다. 워낙 잘생겼고, 말솜씨도 뛰어났으니까 말이다. 알고 보니 그는 대학생이었고, 사고로 인해 나와 거의 같은 위치의 팔의 뼈가 골절된 상태였다.

　여하튼 내 친구들은 그 대학생이 너무 맘에 들었는지 계속해서 이것저것 물어보느라 정신이 없었다. 애인은 있는지, 집은 어딘지, 대학교 몇 학년인지, 군대는 갔다 왔는지 등등 시간 가는 줄 모르고 한참을 얘기하다가 아차 싶었는지 친구들은 각자 집으로, 그 대학생 역시 자신의 병실로 돌아갔다. 그렇게 그날 밤은 내 평생 잊지 못할 그런 소중한 밤이었다. 그리고 며칠 후, 퇴원을 준비하고 있는데, 그 환한 미소의 대학생이 찾아와 나에게 이런 말을 건넸다. "앞으로는 아프지 말고, 예쁘게 살아요."라고. 나름 참 힘이 되어 주는 말이었다.

　나는 그 대학생과 마지막 작별 인사를 한 뒤 간호사실로 감사 인사를 전하러 갔다. 그때 몇몇 간호사들이 그 대학생 얘기를 하면서 참 대단하다고 칭찬을 하고 있었다. 그래서 난 왜 그런지 이유를 물었고, 이후 아무 말도 할 수가 없었다. 그 대학생은 영원히 팔 장애를 갖고 살아가야 될 거라고, 그래도 늘 환한 미소로 사람들을 행복하게 해 준다고……. 난 전혀 몰랐다. 그 대학생이 영원히 팔 장애를 갖고 살아가야 된다는 사실을. 좀 더 얘기를 들어 보니 같은 곳이 세 번이나 골절됐다고 한다. 두 번째로 골절됐을 때, 깁스를 풀고 퇴원하다가 그만 문에다가 정통으로 찧는 바람에 그 자리가 다시 골절됐다고 한다. 그리고 세 번째로 골절됐을 땐 이미 되돌릴 수 없는 먼 길을 와 버린 것이다.

그렇다면 그 대학생의 환한 미소는 무엇이었을까? 적어도 난 그의 미소를 보면서 머지않아 나와 같이 이 답답한 깁스를 풀고 자유를 찾아 떠날 거라는 생각을 했다. 그런데 다시는 예전, 그 정상적인 팔로 돌아올 수 없다니……. 퇴원한 이후에도 줄곧 그 대학생의 환한 미소가 떠오르곤 했다. 아니, 지금도 그 미소는 내 삶의 한 조각을 아름답게 물들이고 있다. 그의 커다란 미소, 그 미소는 마치 장애를 잡아먹은 듯 나에게는 전혀 보이지 않았다.

들어 올린 홀쭉이 아줌마 뚱뚱이 아저씨를 번쩍

거리두기 1단계, 1.5단계, 2단계, 마스크, 방역, 확진자, 줌 수업, 해외여행 기피, 모임 자제, 재택 근무, 손 소독, 열 체크……. 작년 초부터 시작된, 사상 유래 없는 코로나 사태를 겪으면서 귀에 못이 박히도록 들었던, 그리고 지금도 듣고 있는, 앞으로도 언제까지 들어야 할지 모르는 코로나 관련 단어들이다. 사실 코로나 이전에는 단순히 주어진 삶을 살아간다고만 생각했다. 그런데 그 숨 막히는 상황들, 특히 언제 끝날지 모르는 기약 없는 집콕 생활에 있어서 '엄마'라는 자리는 그야말로 악착같이 살아내지 않으면 안 되는 그런 막중한 책임의 자리였다. 코로나로 인해 철저하게 폐쇄된 가정이라는 울타리 안에서 사실 삼시 세 끼 밥 차리는 것도 너무 힘이 들었다. 그 옛날,

우리네 어머님들이 "뒤돌아서면 또 밥 차려야 할 시간이다."라고 했던 말과 "나이 들면 커다란 들통에 곰국 끓여 놓고 여행이나 다녀야겠다."라고 했던 말이 충분히 이해가 갔다.

이제 코로나 사태가 발생한 지도 벌써 1년이 넘어 간다. 그동안 누구나 다 힘들었겠지만, 가정 내에서 가족들의 온갖 뒤치다꺼리를 감당해야만 했던 엄마들의 고충은 그야말로 엄청났으리라 감히 짐작해 본다. 나도 남편을 제외한 입맛 까다로운 아이들 때문에 밥하는 게 거의 지옥이나 다름없었다. 아무리 영양가 있는 반찬을 해놓아도 아이들 입장에서는 그야말로 맛없는 반찬이 되기 일쑤였고, 먹던 반찬이 또 나오기라도 하면 차라리 라면을 끓여 달라는 식이었다. 사실 라면도 한두 번이지 너무 자주 먹이다 보니 나중엔 죄책감도 들지 않았다. 누군가 이런 말을 했던 게 기억난다. "내가 열심히 일하는 이유는 먹고살려고 그런 거야."라는. 그만큼 먹고사는 게 당연한 것이기도 하지만 결코 쉬운 일만도 아님을 뜻하는 것일 게다. 이는 곧 열심히 일하지 않으면 먹고 살지도 못한다는 얘기일 수도 있으니까 말이다.

내가 뜬금없이 이런 말을 하는 이유는 대부분의 아이들, 글쎄 모르겠다. 우리 집 아이들만 그런 건지도. 코로나 이후, 거의 대부분 책상 앞에 앉아서 생활하다 보니 입맛에 매우 민감해졌다고 할까? 특별하거나 맛있지 않으면 그 즉시 인상부터 찌푸리곤 한다. 그리고 그 다음 단계는 안 먹겠다는 협박 아닌 협박이다. 그러면 엄마 입장에서는 순간 가슴이 철렁 내려앉는다. 왜냐하면 그냥 안 먹는 것에서 끝나는 것이 아니라 이미 먹고 싶은 게 머릿속에 그려져 있기 때문이다. 따라서 그다음 단계는 당연히 신경전이다. 아예 안 먹고 토라지든지, 한바탕 잔소리하고 사 주든지, 그것도 아니면 가장 만만한 라면을 끓여 주든지 말이다. 그나마 우리 집은 남편이 열심히 일한 덕에 그런 입맛 까다로운 아이들을 먹고살게끔 해준 부분도 있다. 입에 척척 달라붙는 배달 음식이라도 자주 사 줄 수 있었으니까 말이다.

여하튼 뉘 집 자식인지 주는 대로 맛있게 먹는 아이들만 보면 그저 부러울 따름이다. 그런데 요즘 시대에 그런 아이들이 있긴 할까? 코로나 시대, 매일같이 먹어야 하는 밥과의 전쟁! 그리고 그 밥을 책임져야 하는 엄마들……. 이토록 힘든 시기에 엄마들의 지혜는 필수인 듯하다. 내가 생각하는 지혜란 어떤 문제와 맞닥뜨렸을 때 이를 잘 대처할 수 있는 능력이라고 본다. 따라서 지혜로운 사람은 정말 감당하기 힘든 상황이 닥쳤을 때도 쉽게 무너지지 않고, 최선의 방법을 시도하면서 슬기롭게 대처한다. 다만, 지혜는 다양한 경험과 연룬, 그리고 타고난 성향이 복합적으로 작용하는 게 아닐까 싶다. 왜냐하면 다양한 경험과 연륜이 있음에도 불구하고 지혜롭지 못한 사람이 있는가 하면 반대로 나이도 젊고, 경험이 많지 않은 데도 불구하고 지혜로운 사람이 있기 때문이다. 분명한 건, 지혜로운 사람들은 대체적으로 매우 긍정적이고, 하고자 하는 일도 잘 풀리는 경향이 있기 때문에 이는 곧 타고난 성향과도 밀접한 관련이 있다고 볼 수 있다. 물론 성향은 어떠한 계기나 노력에 의해서 바뀔 수도 있다.

사실 나도 코로나 사태를 겪으면서 예전과는 차원이 다른 우울증이 찾아왔다. 이전에는 간간이 우울증이 찾아올 때마다 스스로 마음을 다스리면서 금세 떨쳐버리곤 했는데, 이번은 달랐다. 코로나 확산을 막기 위한 외출 자제, 등교 자제, 여행 자제 등은 가족들을 집 밖으로 못 나가게끔 묶어 두었고, 이로 인해 집안에서 이루어지는 모든 일은 다 내 몫이 되고 말았다. 삼시 세 끼 밥 차리기, 간식 챙겨 주기, 남편 술상 챙겨 주기, 아이들 짜증 받아 주기, 사춘기 아들 녀석 눈치 보기 등등 내가 스트레스를 해소할 만한 방법이나 시간은 전혀 주어지질 않았다. 예전, 잠시나마 텅 빈 집에서의 고요함을 누리며 마음을 다스리던 시절이 아예 사라져 버린 것이다.

정말이지 하루하루 숨이 막혔다. 철저하게 폐쇄된 집안에는 방대한 공부량에 허우적대는 고등학생 딸아이와 중2병을 심하게 앓고 있는 아들 녀석 그리고 가장으로서의 무거운 짐을 짊어진 남편이 있었고, 난 그런 가족들을 위해서 억척스럽게 살아내지 않으면 안 되는 상황이었다. 사실 결혼 전에는 '엄마'라는 역할을 참 우습게 본 경향이 있었다. 그러니까 단순하게 집안일을 하는 정도? 지금 생각해 보면 그런 나 자신이 너무도 경솔했다는 생각이 든다. 해도 해도 끝이 없는 집안일과 가족들 한 사람 한 사람의 불평, 불만을 온몸으로 받아들일 수밖에 없는 존재가 바로 엄마인데 말이다. 솔직히 그런 위치에 놓인 나 자신을 어느 순간 그냥 놓고 싶었던 적도 있었다. 몸과 마음이 지치는 상황에서 내 몸 하나 건사하기도 힘들었으니까.

그래도 난 엄마니까 이 어려운 시기를 잘 넘겨야만 했다. 엄마인 내가 중심을 잡지 않으면 가정이 뿌리째 흔들릴 수도 있겠다 싶었다. 따라서 마음을 다스려 줄 만한 음악과 책 그리고 산책을 통해 조금씩 마음의 여유를 찾아가기 시작했고, 그 힘으로 가족들의 힘든 부분을 함께 나누곤 했다. 물론 공부로 지친 첫째 아이와 사춘기로 몸살을 앓고 있는 둘째 아이를 감당하기엔 턱없이 벅차기도 했지만 그렇다고 피하고 싶지도 않았다. 결국 피하는 순간, 그 대가는 고스란히 나에게 부메랑이 되어 돌아온다는 것쯤은 알고 있었으니까 말이다. 그래서 '위기가 곧 기회다.'라는 말처럼 이 시기를 나름 기회로 만들어 보기로 했다. 그러니까 잠시 나를 버리고, 아이들이 원하는 방향으로 무조건 맞춰 주기로 한 것이다.

그런데 그 결과는 가히 성공적이었다. 첫째 아이는 예민했던 성격이 다소 무던해졌고, 둘째 아이는 어둠의 그림자가 서서히 걷히면서 다소 밝아진 모습이 역력했다. 참 이상한 게, 나를 낮추니까 아이들의 성격은 오히려 밝아지는 듯 보였다. 이는 곧 부모의 권위가 자식들에게는 악영향을 끼칠 수 있다는 얘기일 수도 있겠다. 여하튼 나에게 있어서 코로나 사태는 아이들과 좋은 관계로 발전해 나갈 수 있었던 또 하나의 계기 마련이 된 셈이다. 이처럼 가정 내에서의 엄마이자 아내의 역할은 참 중요하다. 순간순간 지혜를 발휘하면서 가정을 이끌어 나가는 이 세상의 모든 엄마들, 그런 엄마들의 모습에서 더없이 강한 아름다움을 느끼곤 한다.

예전, 참 오래된 일인데……. 지금은 개인 사업을 하고 있는 남편이 한창 직장 생활을 할 때였다. 상하구조로 된 직장 내에서 온갖 스트레스를 받으며 지내 온 남편은 가끔씩 술만 마셨다 하면 필름이 끊기곤 했다. 그때마다 난 아주 곤욕을 치르곤 했는데……. 한번은 회식을 마친 남편에게 전화가 걸려 왔다. 아마도 그때 시각이 새벽 한 시쯤 되었을까? 혀가 완전히 꼬부라진 채 집 앞에 있다는 것이었다. 난 서둘러 달려 나갔고, 집 앞엔 택시가 한 대 서 있었다. 택시 안을 살짝 들여다보니 남편이 몸을 제대로 가누지 못할 정도로 취해 있었다. 난 얼른 택시비를 지급하고, 남편에게 빨리 나오라고 소리쳤다. 그런데 얼마나 많이 취했는지 대꾸는커녕 꿈쩍도 하지 않는 것이다.

　난 급한 마음에 남편의 팔과 다리를 잡아당기면서 문밖으로 잡아끌려고 했지만 좀처럼 움직여지지 않았다. 그 당시만 해도 잦은 회식으로 인해 술살과 안주 살이 쪄서인지 몸이 매우 비대했다. 그렇게 시간은 점점 흐르고……. 기사 아저씨도 한계에 다다랐는지 짜증을 내기 시작했다. 난 어찌할 바를 모른 채 발만 동동 구르고 있었고, 그때 옆을 지나가던 어느 비쩍 마른 아주머니가 차 안을 슬쩍 들여다보더니 "쯧쯧" 혀를 차며 한마디 내던졌다. "아이고! 우리 남편도 이런 일이 수없이 많았는데……. 저리 가보세요. 내가 한번 끄집어내 볼 테니."라고. 그리고는 곧 남편의 바지춤을 움켜쥐더니 밖으로 "휙" 하고 끄집어내는 게 아닌가! 그 순간, 신기한 일이 벌어졌다. 그토록 뚱뚱한 남편이 그 비쩍 마른 아주머니의 손에 이끌려 드디어 바깥세상으로 나오게 된 것이다. 사실, 나중에 안 사실이지만 상대방의 허리춤을 힘껏 잡아끌면 순간 힘을 전혀 쓸 수 없게 된다고 한다.

그날 그 어두컴컴한 새벽녘, 집안에서는 언제 깰지 모르는 갓난 아기가 자고 있었고, 밖에서는 술에 취해 꿈쩍도 하지 않는 남편이 택시 안에 쪼그리고 앉아 있었다. 그때 나에게 엄습해 온 불안감은 그 아주머니를 만나는 순간 이내 안도감으로 바뀌었다. 다양한 경험과 연륜, 그리고 개인적 성향에서 묻어나는 삶의 지혜, 그 지혜가 우리네 삶을 보다 편안하게 이끌어준다는 사실을 가슴 깊이 깨닫는 순간이었다.

콩쥐의 화려한 외출

　아이들이 유치원을 졸업하고 초등학교에 입학하는 순간, 대부분의 부모들은 학부모가 되었다는 생각에 만감이 교차한다. '내 아이가 학교생활을 잘할 수 있을까?', '친구들과 싸우지 않고 잘 지낼 수 있을까?', '공부는 잘할 수 있을까?' 이런저런 생각에 엄마들은 다소 마음이 무거워진다. 게다가 그때 만난 엄마들과의 인연이 거의 끝까지 가는 경우가 많아서 마음 맞는 엄마들과의 커뮤니티 또한 상당히 신경 쓰이는 부분이다. 아마도 그건 같은 또래 아이들을 키우는 엄마들 입장에서 서로 공감할 수 있는 부분이 크기 때문이다. 예를 들어 학교생활의 전반적인 부분이라든지 학원, 음식, 운동, 취미, 교육 등 아이들에게 필요한 갖가지 유익한 정보를 서로 공유하기 위해서다. 물론 육아 스트레스 해소를 위한 엄마들의 수다도 한몫한다.

첫째 딸아이가 초등학교에 입학한 날이 엊그제 같았는데 어느덧 둘째 녀석도 누나의 뒤를 이어 같은 초등학교에 입학했다. 멀리서 지켜보는 초등학교 1학년 아이들의 모습은 마치 귀엽고 앙증맞은 새끼 강아지들이 한데 뭉쳐 있는 것과 비슷했다. 그 여리고 작은 몸에는 커다란 가방이 들려 있었고, 고사리 같은 손에는 언제나 신주머니가 꽉 쥐어져 있었다. 행여나 선생님한테 혼날까 싶어 바짝 긴장하고 있는 아이들의 모습은 눈에 넣어도 아프지 않을 것 같은 너무도 사랑스러운 모습들이었다. 그렇게 둘째 녀석도 유년 시절을 뒤로한 채 당당히 초등 시절로 향하고 있었다.

딸이 아닌 아들을 키운다는 것은 그만큼 변수도 많이 작용한다. 가끔 주변 엄마들로부터 전해 들은 얘기를 종합해 보면, 미끄럼틀에서 떨어져 병원에 실려 가는 아이, 친구들과 주먹질하다가 코피 터진 아이, 신발 한 짝을 잃어버려 한 발엔 실내화, 다른 한 발엔 운동화를 신고 엉엉 울면서 집으로 향하는 아이, 학교 체육 시간에 혼자 모래놀이를 하는 아이, 점심시간에 식판을 들고 가다가 앞으로 넘어지는 바람에 온통 반찬 범벅이 된 아이 등등 보통 사내 녀석들은 여자아이들과 달리 행동 반경이 상당히 큰 편이다. 그래서인지 사내 녀석을 키우는 엄마들을 보면 다소 힘센 아저씨(?) 같은 모습이 보인다.

그래도 다행인 건, 초등학교 시절에 둘째 녀석은 딱히 눈에 띄게 말썽을 피우지 않았다는 것이다. 물론 중학교에 와서 사춘기를 아주 호되게 겪고는 있지만 말이다. 세상에 딱히 답이 없다는 말은 이렇듯 삶은 매번 반전의 연속이기 때문이다. 그래서 둘째 녀석이 고등학교에서 가서는 보다 성실한 모습으로 변화되기를 은근히 기대해 본다. 여하튼 아이가 초등학교 1학년 때, 친한 친구들 주변으로 커다랗게 엄마들의 커뮤니티가 형성되고 있었다. 그러니까 친한 아이들로 인해서 그 아이들의 엄마들은 친해질 수밖에 없는 구조가 되는 것이다. 지금 생각해 보면 그런 구조는 딱 초등학교 때까지 만이다. 중학교 이후로는 철저하게 아이 취향 따로, 엄마 취향 따로다.

학교 행사가 있거나 반 모임이 있을 때면 늘 그 엄마들끼리 모였다. 그러면서 이런저런 정보를 공유하고, 때론 자신의 집에 아이들을 초대해서 식사 대접도 하고, 실컷 놀게 하면서 서로 간에 돈독한 우정을 쌓을 수 있는 환경을 만들어 주었다. 사실 내 아이를 위해서 그런 뒷받침을 해준다는 게 결코 쉬운 일만은 아니다. 그 시절 아이들, 특히 사내 녀석들은 하나 같이 어디로 튈지 모르는 시한폭탄들이기 때문이다. 그런데 아니나 다를까 다들 친하긴 하지만 매번 친구 집에 놀러 갈 때마다 사건이 하나씩 뻥뻥 터졌다. 그러니까 친한 것과 사건은 별개였던 것이다.

그날도 어김없이 하교 후 집에 돌아온 둘째 녀석은 가방을 거실 바닥에 "휙" 내던져 놓은 채 곧바로 놀이터로 향했다. 늘 그렇듯 놀이터에 모인 5총사는 숨바꼭질, 잡기 놀이, 딱지놀이, 팽이놀이, 자전거 타기, 공놀이, 모래놀이 등을 하면서 신나게 놀고 있었다. 그런데 급기야 문제가 발생하고 말았다. 아마도 신나게 모래를 만지면서 놀다가 너무 흥분한 나머지 누군가가 두 손으로 모래를 듬뿍 퍼서 상대방의 얼굴에 퍼부은 듯하다. 그런데 그 상대방이 바로 둘째 녀석이었다. 그 광경을 목격한 어떤 엄마가 다급하게 나에게 전화를 해줘서 알게 된 것이다. 둘째 녀석은 눈물, 콧물이 범벅이 된 채 울고 있었다. 아마도 상당한 양의 모래가 아이의 눈으로 파고 들어갔던 것 같다. 그래도 다행인 건, 통곡을 할 정도로 엄청나게 쏟아 부은 눈물이 병원에 도착할 때쯤엔 대부분의 모래를 씻겨 내보내 줬다는 사실이다. 얼마나 천만다행인지……. 물론 눈은 벌겋게 부어 있었다.

그뿐이겠는가! 또 한 아이에게는 이런 일도 있었다. 어느 더운 여름날, 친구 집의 화장실에서 물장난을 치다가 그만 쭉 미끄러졌다.

그런데 운이 없게도 세면대에 입을 정통으로 찧는 바람에 앞 치아 한 개가 부러지고, 입술은 심하게 찢어지는 대형 참사가 벌어지고 말았다. 그날 그 집은 거짓말 조금 더 보태 온통 물바다가 되었고, 심하게 다친 아이는 입술을 꿰매는 수술과 인공 치아를 심어야 하는 인생의 쓰디쓴 맛을 경험해야만 했다. 지금도 물론 아이들을 키우면서 전쟁 아닌 전쟁을 치르고 있지만 그 당시에도 아이들로부터 눈을 떼는 순간, 사건 사고가 끊임없이 발생했다.

여하튼 사내 녀석들을 키우는 엄마들 입장에서는 한시도 마음 편할 날이 없었다. 그래도 다들 마음이 따뜻해서인지 엄마들끼리는 마음 편하게 만날 수 있는 그런 좋은 관계로 발전해 나갔다. 그 가운데 좋은 인상은 물론 패션 스타일, 메이크업 센스, 군살 없는 몸매 등 어느 것 하나 빠질 게 없는 젊은 엄마가 한 사람 있었다. 그 엄마만 등장했다 하면 다들 감탄사를 연발하면서 칭찬 파도타기를 하느라 여념이 없었다. 그런데 그런 엄마가, 그러니까 손에 물 한 방울 안 묻힐 것 같은 그런 엄마가 어느 날 자신의 시집살이에 관한 얘기 보따리를 하나하나 풀어놓기 시작했다.

얘기인즉, 시어머니가 자신의 집에 와 계시는데, 며느리로서 매일같이 밥상에 나물 요리를 올려야 된다는 것이다. 그것도 매일 다르게 세 가지의 나물로. 그 얘기를 듣고 엄마들이 모두 기겁을 했다. 아이들 키우는 것도 벅찬데 매일같이 시어머니가 드실 나물을 세 가지나 해야 한다니 그 어떤 엄마가 분노하지 않겠는가! 게다가 더 심각했던 건, 한겨울에 온수로 설거지를 하고 있으면 금세 와서는 다시 냉수 쪽으로 확 돌려버린다는 것이다. 보일러 값이 많이 나온다고. 아무리 그래도 그렇지 한겨울에 찬물로 설거지를 하다 보면 눌어붙은 밥과 빨간 고춧가루 얼룩 그리고 식용유 기름때가 제대로 씻겨질까 싶다. 참으로 어처구니없는 시집살이였다.

그런데 그런 호된 시집살이를 하고 있는 엄마가 모임이 있는 날엔 그야말로 다른 사람이 되어 나타났다. 예쁘게 단장한 연갈색 헤어스타일에 한 듯 안 한 듯 은은한 메이크업, 머플러로 감싼 세련된 패션 감각, 게다가 더 놀라운 건, 네일 아트로 한껏 멋을 부린 화려한 손톱이었다. 도저히 시집살이를 하고 있는 며느리같지 않았다. 그래서 물어보니 자신은 시어머니를 향한 스트레스를 자신을 사랑하는 마음으로 다시 승화시킨다는 것이다. 그 누가 뭐라고 하든 나답게 사는 것이야말로 고된 현실을 회피하지 않고, 당당하게 살아갈 수 있게 만든단다. 그러니까 엄마들이 바라본 그 엄마의 모습은 새엄마한테 구박받는 콩쥐가 절대로 기죽지 않고, 당당하게 자신을 찾아가는 화려한 외출이었던 것이다.

아주 먼 옛날, 나는 '엄마'라는 커다란 나무 아래서 아무 걱정 없이 뛰어놀았다. 늘 한결같았던 나무는 내가 힘들어 지칠 때면 쉴 수 있도록 그늘을 만들어 주었고, 비가 오거나 눈이 오면 행여나 젖을까 싶어 온몸으로 막아 주었고, 화가 날 때면 화풀이하라고 기둥까지 내어주었다. 그럼 난 당연하다는 듯 나무 아래서 편히 쉬기도 하고, 잠도 자고, 책도 읽었다. 그러다가 화가 치밀어 오를 땐 나무 기둥을 발로 차기도 하고, 나뭇가지를 꺾기도 하고, 잎을 따기도 하고, 나무 꼭대기까지 올라타기도 하면서 아무렇지 않게 대했다. 그렇게 시간이 흐르고……. 난 어른이 되었다. 그리고 결혼을 하고 아기도 낳았다. 그러던 어느 날, 문득 나무를 쳐다보니 예전 그 모습은 어디로 갔는지 너무도 초라해져 있었다. 내 아이가 자라고 나 또한 늙어가면서 나무가 그동안 나에게 베풀었던 그 큰 사랑을 비로소 깨닫게 된 지금, 나무는 내 곁에 없다. 가슴이 아프다.

내가 어릴 적에 엄마는 늘 수수한 옷차림에 집안 살림만 하는 그런 엄마였다. 물론 그런 엄마가 화려했던 시절도 있었다. 아마도 내가 초등학교 4학년 때까지인 것 같다. 엄마는 다른 여느 엄마들하고는 차원이 달랐다. 예를 들어 빨간 힐에 빨간 립스틱 그리고 화려한 꽃무늬 원피스에 선글라스까지. 게다가 가족과 함께 야외 나들이를 할 때면 꼭 카메라를 옆에 메고 다니던, 그야말로 "헉" 소리 날 정도의 패셔니스트였다고 할까? 사실 나는 그런 엄마가 창피하였다. 왜냐하면 그 당시만 해도 전형적인 엄마들의 모습은 뽀글이 파마에 홈드레스, 그리고 굽이 낮은 투박한 검정 구두가 전부였으니까 말이다. 간혹 가다가 생활한복에 흰 고무신을 신은 엄마들도 꽤 있었다. 그런데 지금 생각해 보면 나의 엄마는 뚜렷한 개성과 용기를 지닌, 시대를 앞서간 그런 멋진 분이었다는 생각이 든다.

그런 엄마가 집안에서는 온갖 허드렛일을 도맡아 하면서 헌신적으로 가정을 돌봤다. 그 당시만 해도 세탁기가 있는 집이 드물었다. 따라서 세탁기가 없었던 엄마는 추운 겨울에도 손을 호호 불어가면서 찬물에 손빨래를 해야만 했다. 심지어는 물과 세제가 담긴 커다란 대야에 이불을 푹 담근 후 발로 꾹꾹 밟아가면서 찌든 때를 빼냈다. 그럼 나는 엄마의 그런 모습을 보면서 너무도 재미있을 것 같다는 생각에 엄마 옆에 바짝 붙어 서서 따라 해보기도 했다. 지금 생각해 보면 그때 대야 밖으로 비누 거품과 물이 한바탕 튀었는 데도 불구하고 뒷수습은 아랑곳하지 않은 채 나의 소소한 행복을 눈에 담아내기 바빴다. 사실 날씨가 따뜻할 때는 모르겠지만 한겨울에는 발에 동상이 배길 정도로 시리고 아팠다. 그래서인지 엄마의 손과 발은 늘 척척 갈라져 있었다.

아이들을 키우다 보면 짜증 날 때가 많다. 내 경험상, 아이가 태어나면서부터 청소년기까지 무척 손이 많이 간다. 어르신들의 얘기를 들어 보더라도 자신의 아이가 결혼해서 또 아기를 낳아도 여전히 자식에게 손이 가는 건 마찬가지라고 한다. 그러니까 부모와 자식의 인연은 떼려야 뗄 수 없는 그런 관계인 것이다. 솔직히 난 아이들이 사춘기 이전까지는 혼도 많이 내고, 내가 힘든 만큼 내색도 많이 했다. 그건 아마도 아이들이 어렸기에 가능했던 일이 아니었을까 싶다. 하지만 아이들이 사춘기를 겪으면서 문제는 달라진다. 그러니까 자신의 영역을 침범하는 엄마를 밀어내기 시작하는 것이다. 부모로서 당연히 내 자식에게 관심을 갖는 것뿐인데, 자식은 그런 부모의 마음도 모른 채 그저 간섭이라고 생각한다. 따라서 사춘기 이후부터는 부모의 자리가 초라하게 느껴지기도 한다. 아마 나의 엄마도 그 시기 때 많이 외롭고 힘들었으리라 짐작해 본다. 지금 생각해 보면 그 당시 나의 엄마는 자식에게 부담스러운 존재로 남지 않기 위해 하느님을 찾기 시작했다. 그리고 이후 시대를 앞서간 그 멋진 패션 감각도 사라졌다.

내 엄마의 삶을 죽 한번 들여다보면 그 무엇 하나 누릴 수 있었던 게 전혀 없었다. 아마도 지금의 내가 그 당시의 엄마 역할을 해야 할 상황이라면 지금의 내 아이들이 정서적으로 잘 자랄 수 있을까? 아무리 생각해 봐도 도저히 감당할 수 없는 부분이다. 그런데 그 열악한 환경 속에서도 나의 엄마는 늘 미소를 띠고 있었다. 그리고 그 미소는 지금껏 우리 형제들의 마음속에서 편안한 안식처가 되어 주고 있다. 여하튼 그 당시 주방도 얼마나 열악했는지 세 끼 상 차리기가 여간 불편하지 않았을 것이다. 지금도 생각난다. 집 구조상, 주방이 멀리 떨어져 있었던 데다가 또 오르내려야 하는 불편함 때문이었는지 어느 날인가 엄마가 상을 들고 오다가 그만 발을 헛디뎌 한바탕 난리가 난 적이 있었다. 그때 엄마의 옷은 국과 김칫국물이 튀는 바람에 얼룩 범벅이 되어 있었고, 엄마의 손은 깨진 접시의 날카로운 부분이 튀어 올라 피범벅이 되어 있었다. 그런 와중에도 뒷수습은 아직 어린 자식들이 도와줄 수 없었기에 오롯이 엄마 혼자서 감당해야만 했다.

게다가 지금은 김치도 사서 먹는 시대다. 배추김치, 열무김치, 갓김치, 파김치, 총각김치, 깍두기 등 굳이 힘들이지 않고도 돈만 있으면 얼마든지 위생적이고 맛깔스러운 김치를 맛볼 수 있다. 그런데 그 당시만 해도 사서 먹는 김치는 있을 수 없는 얘기였다. 따라서 추운 겨울이 오기 전, 두고두고 먹을 김치를 미리 장만해 놔야 했기에 11월부터 12월까지 대부분의 엄마들은 신경이 곤두설 수밖에 없었다. 나의 엄마도 적게는 50포기, 많게는 100포기 정도 담갔던 것 같다. 김장하기 한참 전부터 김치에 들어갈 재료를 하나하나 준비한 다음 김장 당일에는 준비한 재료를 방 안에 죽 나열한 후 1년에 꼭 한 번 거쳐야 할 거사를 치렀다. 그러니까 김장 마무리까지는 준비할 게 너무 많아서인지 거의 한 달 정도가 소요됐던 것 같다.

매번 그렇듯 하교 후 집에 돌아오면 엄마는 그 많은 배춧속을 꽉꽉 채우고 있었다. 방 안은 발 디딜 틈 없이 커다란 양푼들과 썰어 놓은 각종 야채, 간 고추, 고춧가루, 마늘, 생강 다진 것, 새우젓, 각종 양념이 이곳저곳에 널브러져 있었고, 벽 쪽에는 소금에 절인 배추가 빼곡히 쌓여 있었다. 그리고 하루 전날엔 커다랗고 뻣뻣한 배추를 일

247

일이 굵은소금에 절여놓고, 늦은 밤엔 커다란 무를 힘겹게 채 썰던 엄마의 모습이 아직도 눈에 선하다. 아마도 내가 학교에 갔을 때는 그 절인 배추를 하나하나 깨끗이 헹구어 내고, 배춧속에 넣을 양념을 만들어 놓지 않았을까 싶다. 그리고 내가 하교 후 집에 돌아왔을 땐 무채, 마늘, 생강, 청각, 파, 양파, 갓, 미나리, 새우젓, 고춧가루, 깨소금, 설탕 등을 넣고 한참 동안 버무렸을 맛깔스러운 양념으로 배춧속을 채우고 있었던 것이다.

지금 생각해 보면 그 고된 작업을 오롯이 엄마 혼자 감당해 내면서도 자식들에게 짜증 한번 낸 적이 없었다. 오히려 김장을 도와주기는커녕 방해만 되었던 내게 깨소금을 듬뿍 묻힌 김치 한 가닥을 돌돌 말아 입에 쏙 넣어주고는 함박웃음을 짓곤 했다. 그때는 잘 몰랐다. 김장 100포기를 한다는 것이 어떤 일이었는지……. 사실 난 김치를 주로 사 먹는 편이다. 인터넷상의 마켓에서 내가 원하는 김치를 카드로 결제하면 1주일 내로 집에 도착한다. 예전과 달리 정말 편한 세상에 살고 있는 것이다. 그런데도 비닐로 포장되어 있는 김치를 꺼내서 김치 통에 담고 뒷마무리하는 것조차 번거로울 때가 있다. 그나마 그때그때 구입해서 먹기 때문에 보관 문제에 있어서도 별 문제가 될 게 없다. 그런데 나의 엄마는 김장 때 담근 100포기의 김치를 그 무거운 장독에 보관하느라 얼마나 힘들었을까 싶다. 그 추운 겨울, 커다랗고 무거운 장독을 장독대에서 수돗가로 옮겨 일일이 청소한 뒤 다시 장독대로 옮겨 100포기의 김치를 하나하나 채워나갔을 엄마의 고된 삶, 그 삶이 내가 엄마가 되고 보니 뼈저리게 가슴에 와 닿는다.

게다가 그 당시만 해도 아궁이에 연탄을 때는 그런 시절이었다. 그래서 흔히 이산화탄소 중독으로 인해 사망했다는 보도들도 나오곤 했다. 우리 집도 각 방에 연결된 아궁이를 통해 연탄을 땠는데, 매번 겨울 때마다 연탄 갈기가 무척 귀찮았던 기억이 난다. 물론 난 엄마가 일이 있을 경우에만 대신 갈아 줬을 뿐, 대부분 그 역할도 엄마 혼자 오롯이 감당해야 할 몫이었다. 가끔 눈 내리고 추운 어느 깊은 밤에 연탄을 갈려고 조용히 부엌으로 향하는 엄마의 모습이 생각난다. 행여나 제때 갈지 않아 연탄불이 꺼질까 봐 잠을 잘 때도 선잠을 자는 경우가 많았다. 지금이야 방안에 달려 있는 버튼만 누르면 보일러가 알아서 척척 가동되는 시대에 살고 있지만, 그 당시만 해도 나의 엄마는 연탄이 떨어질 때마다 매번 100장씩 주문을 해야 했고, 그 추운 겨울, 창고에 차곡차곡 쌓여 있는 연탄을 집게로 들고 나와 각 방과 연결된 아궁이에 늘 따뜻한 온기를 불어넣어 주었다.

사실 그 과정에서도 꽁꽁 얼어붙은 미끄러운 바닥 때문에 뼈에 골절상을 입는 경우가 종종 있었다. 그렇다고 엄마가 조심성이 없었던 것은 결코 아니었다. 예컨대, 추운 겨울, 캄캄한 어둠 속에서, 그것도 연탄을 들고 얼어붙은 바닥을 한 발 한 발 내디딜 때의 심정을 한번 헤아려 보면 어떨까 싶다. 여하튼 사건이 벌어질 때마다 가족들은 "아이고! 조심 좀 하지."라는 잔소리뿐, 엄마의 그 외롭고 고단한 삶을 결코 이해하려 들지 않았다. 막상 나도 엄마가 되고 보니 가족에 대한 무조건적인 희생이 있지 않으면 그 가정은 절대로 유지될 수 없다는 생각을 하게 된다. '엄마'라는 존재는 늘 당연한 것이고, 힘들어도 힘들다는 내색조차 할 수 없는, 그런 한없이 외로운 자리였다. 물론 그건 아빠들도 마찬가지다. 그래서일까? 나의 엄마는 내가 결혼하는 것도, 아기를 갖는 것도 그다지 좋아하지 않았다. 아마도 당신이 뼈저리게 느꼈던 엄마로서의 삶, 그 고단한 삶을 자식들에게 또다시 대물림시키고 싶지 않았던 것이다.

아주 먼 옛날, 난 엄마가 집안의 허드렛일만 하는 하찮은 사람으로 보였다. 그런데 지금 생각해 보니 그 하찮은 일은 우리 가족을 살려낸 가장 위대한 일이었다. 나도 사회생활은 할 만큼 해봤고, 사회적으로 성공한 사람들도 많이 만나 봤다. 그리고 지금은 두 아이를 키우는 엄마로서 그저 평범하게 살아가고 있다. 한 가정을 이루고, 그 가정 속에서 얼마나 많은 변화가 일어날 수 있는지, 그리고 엄마의 역할이 얼마나 중요한지를 깨달아 가고 있는 상황에서 엄마는 나에게 정말 값지고, 위대한 삶의 방향을 제시해 주었다. 그것은 바로 묵묵히 그 자리를 지켜주는 것 하나만으로도 가정, 나아가 사회에 커다란 영향을 미칠 수 있다는 사실이다.

마음의 행복은
삶을 살아내는 데 필수다

"헉" 소리가 났다. 고등학교 시절, 정말 친했던 친구 한 명이 대학교 졸업과 동시에 과 선배와 결혼한다는 얘기가 전해졌다. 둘은 너무 사랑했고, 옆에서 보기에도 부러울 정도로 너무 행복해 보였다. 그렇게 세월은 덧없이 흘렀고……. 어느덧 두 아이의 엄마가 되어 있었던 그 친구는 어느 날 행방불명이 되었다. 그리고 30여 년이 다 되어 가는 지금도 그 친구는 여전히 행방불명이다. 맨 처음, 그 친구의 소식을 접했을 당시만 해도 소름이 쫙 끼쳤다. 도대체 어떻게 이런 일이 있을 수 있는지 도저히 납득할 수 없었고, 점차 시간이 흐르면서 화도 나기 시작했다. 분명, 그동안 내가 보고 느낀 것은 결혼식 날, 새하얀 드레스 위로 더없이 환하게 미소 지었던 그 친구의 모습이었다.

그렇게 시간이 흘렀고……. 나도 어느새 훌쩍 커버린 두 아이의 엄마가 되었다. 기존의 나를 둘러싼 좁은 인간관계를 벗어나 점차 확장되어 가는 인간관계 속에서 '어! 이건 뭐지?' 하는 이상한 현상들을 발견하였다. 집단 속에서의 그는 누구나 다 좋아하고, 누구나 다 믿고 따랐던 그런 사람이었다. 따라서 그 집단의 움직임은 그를 주축으로 해서 모든 게 이루어졌다. 그런데 그게 아니었다. 집단에서 바라보는 그와 개인별로 바라보는 그가 너무도 확연히 달랐던 것이다. 난 누구나 다 그를 좋아하는지 알았다. 하지만 그를 제외한 다른 사람들과의 1:1 만남에서는 그를 좋아하는 사람이 단 한 명도 없었다. 그 이유는 그와의 만남 이후, 늘 마음 한편에 자리 잡는 자신의 보잘 것없는 존재감이었다.

'보이는 게 다가 아니다.'라는 말이 있다. 사실 20대까지만 해도 잘 몰랐다. 보이는 게 다인 줄로만 알았다. 그런데 세상을 좀 더 살아가다 보니 보이는 게 다가 아니었다. 그 보이는 것은 극히 일부였고, 아예 거짓인 경우도 수두룩했다. 그러니까 그 보이는 것의 이면에는 또 다른 세상이 존재하고 있었던 것이다. 마음과 행동의 불일치, 겉으로 드러나는 모습의 이면, 선입견이 부른 착각, 일반적인 상식을 뛰어넘는 지혜, 보이지 않는 진정한 행복, 마음과 물질의 반비례, 보편화된 진리를 의심케 하는 경험, 정보에 대한 불신, 형식과 전혀 별개인 마음, 도리를 벗어난 마음과 행동 등 우리네 삶은 모두지 알 수 없는 것들로 꽉 채워져 있었다.

그래서였을까? 언제부터인가 난 이런 알 수 없는 세상에 호기심이 생기기 시작했다. 그러면서 그 이면의 세상을 들여다보고 싶은 충동을 느꼈고, 그러한 충동은 나의 눈과 귀 그리고 마음을 항상 열어놓도록 이끌었다. 그리고 그때부터 내 주변을 둘러싼 모든 관계, 현상들을 반전의 시각으로 해석해 보았다.

이 책의 내용을 보면 우리가 알고 있는 보편적인 것들이 실제 경험을 통해서는 의외인 경우를 많이 발견할 수 있을 것이다. 그러니까 '세상엔 딱히 답이 없다.'라는 말이 내 삶에 있어서는 진리, 그 자체였다. 그리고 이렇듯 답이 없는 세상 속에서 오히려 삶을 바라보는 유연함이 생겼다고 할까! 만약 삶에도 정확한 답이 있었다면 아마도 세상살이는 너무도 뻔하고 재미없지 않았을까 싶다. 게다가 답대로 살지 못했거나, 답대로 살지 못하고 있거나, 답대로 살지 못할 것 같으면 그 삶은 아무런 희망도, 아무런 행복도 찾을 수 없는, 그야말로 죽은 삶이나 다름없는 것이다.

나는 이 반전에 관한 글을 쓰면서 독자들이 자신의 삶 앞에서 보다 여유를 갖고 유연하게 대처해 나갈 수 있도록 도움을 주고 싶었다. 세상엔 딱히 답이 없고, 그 답은 결국 자신의 마음에서부터 비롯된다는 사실을 깨달았기 때문이다. 결국 겉으로 드러나는 현상이나 누구나 다 알고 있는 보편화된 사실, 진리, 정보 등에 이리저리 끌려다니면서 불안해하거나 조급해할 필요가 전혀 없다는 것이다. 나도 경험이 부족했던 어느 시점까지는 마음이 늘 불안하고 초조했다. 그래서 마음의 행복은 그야말로 나에게 사치였던 때가 있었다. 그런데 지금 생각해 보면 마음의 여유나 행복을 찾는 것은 필수였다. 그만큼 세상을 살아내기가 편해질 수 있기 때문이다.

혹시, 자신이 생각했던 뻔한 얘기가 완전히 틀어져서 반전의 상황이 펼쳐졌던 적이 있는가? 그리고 그런 상황을 직접적으로나 간접적으로 경험했을 때, 솔직히 어떤 쾌감이나 안도감, 대리 만족을 느껴본 적이 있는가? 예를 들어 흔히들 '몸이 멀어지면 마음도 멀어진다.'라고 하는데, 어떤 사람들은 몸이 멀어지니 오히려 마음은 행복해지고, 진실해진다는 사람들도 있다. 어떻게 보면 두 번째 상황은 첫 번째 상황의 반전이라고 볼 수 있는데, 이러한 반전에 있어서 어떤 이는 자신이 경험을 통해 느꼈던 부분과 너무도 맞아떨어지는 탓에 안도감 내지는 쾌감을 느끼게 된다는 것이다. 그런 의미에서 볼 때, 반전은 삶을 바라보는 시각을 보다 유연하게 만들어 줌으로써 때론 각박한 인생살이를 보다 탄력 있고, 편안하게 이끌어 주기도 한다.

  아무쪼록 이 책을 통해 많은 사람들이 마음의 여유를 찾고, 삶을 보다 편안하고 유연하게 살아가는 데 도움이 됐으면 하는 바람이다.